8ito

Paloma
Franca
Amorim

8ito

alameda

Grafia atualizada segundo o Acordo Ortográfico da Língua Portuguesa de 1990, que entrou em vigor no Brasil em 2009.

Edição: Haroldo Ceravolo Sereza / Joana Monteleone
Editora assistente: Danielly de Jesus Teles
Projeto gráfico, diagramação e capa: Danielly de Jesus Teles
Assistente acadêmica: Tamara Santos
Revisão: Alexandra Colontini
Imagem da capa: *Arte de Paloma Franca Amorim e Cristiane Paiva*

CIP-BRASIL. CATALOGAÇÃO-NA-FONTE
SINDICATO NACIONAL DOS EDITORES DE LIVROS, RJ

A544o

Amorim, Paloma Franca
O Oito / Paloma Franca Amorim. - 1. ed. - São Paulo : Alameda, 2021.
192 p. ; 21 cm.

Inclui bibliografia e índice
ISBN 978-65-86081-99-2

1. Romance brasileiro. I. Título.

21-68933 CDD: 869.3
CDU: 82-31(81)

ALAMEDA CASA EDITORIAL
Rua 13 de Maio, 353 – Bela Vista
CEP 01327-000 – São Paulo, SP
Tel. (11) 3012-2403
www.alamedaeditorial.com.br

Para Kaká, Ícaro, Clarisse, Aninha
e os demais irmãos e irmãs de nossa Belém.
Para Cristiane, meu amor.
Aos leitores, sempre.

"me pareço com esses garotos que desmontam
um despertador para saber o que é o tempo"

Roland Barthes

Carnívora

Por Arman Neto

Em *O Oito*, Paloma escreve uma coisa que salta aos olhos. Ela diz que há "algo entre o prazer do segredo e o perigo da confissão". Em seu romance, o contexto desta frase é outro, mas vejo nela uma maneira muito precisa e, portanto, inescapável de tratar da sua literatura. Digo isto pois, a todo momento, Paloma parece se desnudar por meio da palavra ao mesmo tempo que um véu cobre o seu texto, nos deixando sempre diante dessa linha tênue entre o que pode ser ou não ficção. Ficamos à deriva, mas sem querer sair desse mar.

Quem conhece – mesmo que pouco – a biografia da autora identifica semelhanças entre a sua vida e os causos e personagens que ela faz questão de narrar. Paloma sempre cria cenários que são próximos a ela e descreve gentes que poderiam ser seus amigos, mãe, pai e irmã. Inclusive, não é raro haver um entrecruzar de suas obras. Diversos detalhes que aparecem em *O Oito* já haviam dado as caras nos contos e crônicas de *Eu preferia ter perdido um olho*, reforçando ainda mais essa leitura de que a sua literatura, se não mergulha, ao menos margeia a autoficção.

Ao fazer do seu quintal o universo das suas obras, Paloma nos faz recordar daquela máxima – costumeiramente creditada a Tolstoi – que diz que, se queremos ser universais, precisamos começar pintando a nossa aldeia. E a aldeia de Paloma é viva e cheia de cores. Ao escrever sobre sua Belém, ela o faz de maneira tão íntima que é capaz de fazer com o que o leitor se sinta parte da cidade, como se também tivesse crescido por lá, ido embora e retornado tantas vezes. E essa familiaridade só é possível porque Paloma consegue nos colocar dentro de seu texto. Parece que conhecemos suas ruas, seus bares, a esquina da Dezesseis com a barraca do coco, o José, a Joana, a Pantera, a F, e que sabemos quem são vermelhos e quem são amarelos. Paloma abriu o seu quintal para o mundo.

Mas as imagens criadas por ela não vêm sozinhas. É importante lembrar que a literatura é linguagem. E, nesse ponto, o trabalho de Paloma é dos mais bonitos. E, por vezes, visceral. Não raro, ela nos acerta em cheio com algo que não vimos vir. Como se estivéssemos andando despreocupadamente por alguma calçada, apenas seguindo o fluxo dos transeuntes, sem contar com o que nos aguarda ao dobrar a esquina. Ao fazê-lo, somos surpreendidos. Às vezes são frases muito bem compostas, outras vezes, apenas colocadas com muito cuidado no lugar certo. O efeito é o mesmo: seu texto nos tira do chão. E é comum que nos deixe ali, suspensos. Seja pela mordida, seja pelo assopro. Afinal, Paloma tem a mão cheia tanto para compor sentenças lindíssimas quanto para compor sentenças cortantes. E a gente nunca sabe com qual delas iremos nos deparar.

Certa vez, Paloma disse ter a impressão de que *O Oito* acabou se revelando um romance sobre fé e amizade, ambos dessacralizados. Gosto muito dessa leitura. E ouso dizer que isso se expande para toda a sua literatura, não se privando apenas a este livro. Primeiro, porque há no texto de Paloma uma fé na vida que transborda. Fé essa que é fincada ao chão, que é questionada, confrontada, mas que eventualmente traz a iluminação. E o amor vem. Ou então o ódio. Ou o perdão. Ou até mesmo qualquer outro sentimento igualmente forte e genuíno. Segundo, porque já considero emblemático o seu rompimento com deus em *Três notas sobre a morte*,[1] e por isso, talvez, jamais os veremos no mesmo espaço. Mais que um ato de fé: também de coragem. E, por fim, porque a escrita de Paloma é embebida em afetos. Não há como aproximar-se dela de maneira impassível. Ela guarda tudo em si e se liberta pela palavra. E, por existir em seu texto esse limiar entre o perigo e o prazer, creio ser plausível abraçar a ideia de que tudo o que é caro a seus narradores, ou seja, tudo o que se relaciona a seus amores – sejam eles seus amigos, amantes ou lugares que reconhece como casa –, também são caros para si.

Paloma Franca Amorim é uma escritora voraz e insaciável. Ela se alimenta da memória e se alimenta

---

1 O conto *Três notas sobre a morte* reflete a relação entre o sagrado e a vida material em seus aspectos mais corriqueiros e diários, foi publicado no primeiro livro da autora, *Eu Preferia Ter Perdido um Olho* (Alameda Editorial, 2017).

da vida. E mesmo que ela venha a ter muito de ambas, jamais será o bastante. Urge em seu texto uma vontade por mais e mais. Ela quer chegar ao âmago e, portanto, continuará mergulhando cada vez mais fundo em seus sentimentos, se cercando de gentes e lugares que ela pode ou gostaria de poder tocar. Afinal, não podemos esquecer: Paloma é carnívora.

8

O Paulo só descobriu sobre a minha gravidez depois que tirei o bebê. Quero dizer, bebê foi como o Paulo chamou depois que saiu daquele estado emocional deprimente, estirado no banheiro, ao lado da privada, com o nariz escorrendo, segurando o segundo teste que por descuido ou crueldade eu esquecera de jogar no lixo. Foi que eu o enfiei na última gaveta do pequeno armário branco que Paulo abriu sem querer para tentar achar o kit de barbear.

O kit de barbear sempre esteve no armário de nosso quarto, Paulo inclusive já havia comentado sobre sua localização das outras vezes em que se viu vasculhando a casa inteira a sua procura, angustiado por achar de mau gosto andar por aí com uma barba curta, pontiaguda, dura e cheia de falhas, caracterizando-o socialmente, de acordo com suas palavras, como um calhorda.

Paulo levantou e eu saí da porta com medo que esmurrando a parede novamente, por erro de cálculo, ele acertasse o meu rosto. Contudo, parecia bambo, fraco, havia de súbito empalidecido, feito o sangue lhe tivesse saltado das veias, escapado do corpo. Não conseguia me olhar, apenas repetia:

monstro

monstro

monstro

Tive pena e quase perdi os últimos resquícios que guardara do homem por quem havia me apaixonado cinco anos antes, julguei-o uma lívida caricatura de si, o contorno borrado, uma tinta fraca.

Eu me mantive impassível, fui até o nosso quarto e comecei a arrumar minhas coisas, Paulo veio para cima da mala aberta sobre a cama arrancando e lançando ao chão toda roupa que eu tentava guardar. Nós como uma linha de produção, um ao lado do outro, eu cerzindo minha partida, ele desfazendo a costura.

Continuei calada. Sua expressão mudou, de repente voltou a me chamar de meu amor

meu amor

meu amor

e tocou meu rosto, virando-me com sutileza para olhar nos olhos profundamente, assim me tornando uma desconhecida e ele um herói que a todo custo tentava convencer-se de que poderia me trazer de volta para nosso certo lugar de intimidade que não se nomeia, talvez o tal do *entre nós* das canções românticas ou dos cartões de dia dos namorados, com o intuito de resgatar-me do mundo de sombras e mortandade no qual imaginava que eu me havia enfiado. Fosse vencedor, uma vez mais, voltaríamos a nos passar por aquela dupla infalível do bar dos amigos, das festas de conveniência, elogiados como um belo exemplar de casal.

Horas antes, Paulo chegara em casa, com a barba curta, pontiaguda, dura e cheia, e passou a olhar em todos os cantos atrás do maldito kit de barbear. Estava ansioso porque em meia hora precisávamos estar na musculosa residência do não sei o quê Júnior e da mulher dele, não lembro agora o nome, para jantar e discutir a possibilidade de Paulo ser publicado pelo tal selo editorial. Mas Paulo não se sentia bem com aquele aspecto de calhorda, precisava resolver. Ainda avisei: — Vai ficar com a pele toda vermelha, é pior do que ficar barbado. Ele permaneceu em silêncio, mas decerto pensando o que sabe você sobre barba? Eu quase pude ouvi-lo pensar.

Fui estacionar o carro e Paulo subiu correndo. Peguei dois elevadores depois dele, com uma senhora que adorava me perguntar de onde eu tinha vindo, porque meu sotaque era bonito e a cor da minha pele lhe causava inveja, mas inveja boa, ela dizia — Inveja porque eu sempre fui assim branquela e a sua pele é marrom, tão bonita, queria ter uma igual. Eu apenas ria dos comentários, com sutil frieza, concentrando-me para fazer os andares do prédio passarem mais rápido pelo vão do elevador.

A porta de nossa casa entreaberta. Paulo estava de costas para a entrada, sentado no sofá da sala estranhamente virado para a janela, quebrando a harmonia da disposição dos móveis que sua mãe, tão benevolente senhora, fizera questão de desenhar.

— Que houve?

Uma mudez esquisita.

Ele acendeu um cigarro e aquela emulação de cena de cinema me deu nos nervos, eu tranquei a porta, tirei os sapatos.

— Bom se a gente não vai mais, então a gente não vai mais.

Fui até a cozinha, Paulo da sala ouviu a sucção bruta da geladeira sendo aberta, os golpes da água gelada dentro do copo de vidro, talvez tenha escutado até mesmo o barulho das longas goladas, pouco ou nada elegantes, passando por minha garganta para matar a sede. Então, só então, ele começa a dizer:

— Por que você não me contou?

Voltei.

— Não contei o quê?

— Que a gente vai ser pai.

Paulo vira o rosto e percebo os olhos vermelhos. Sem mudar de expressão eu digo:

— A gente não vai ser pai.

Ser pai, repito irônica, com a palavra salgando entre os dentes. Ele vai até o banheiro, eu vou atrás, ele abre a última gaveta, tira o teste de gravidez positivo, pergunta se os dois tracinhos não significam positivo, eu digo *sim, quer dizer positivo, sim.*

— Então.

— Então o quê?

— Por que você não me contou?

Só consigo pensar em como pude ser pouco inteligente por não ter jogado fora o teste, assim como fiz com o primeiro que também declarava pela leitura dos códigos hormonais de deus em minha urina que eu tinha algo por dentro que não era só eu. Talvez tenha mantido o teste por perto para fazer meu velho ritual, a acumulação de vestígios dos crimes bárbaros mais interessantes que por ventura tenha cometido sem saber.

Queria escrever um romance sobre gravidez, contei ao Paulo. Ele achou formidável, mas tinha a opinião de que o tema estava demasiado aberto e pediu para ver algum manuscrito a fim de me orientar no recorte que daria brilho preciso ao curso narrativo. Eu me recusei no momento, disse ter apenas ideias rascunhadas na mente, e prometi-lhe uma amostra lá para o meio de julho – e quando o meio de julho chegou, eu desistira do romance e Paulo já não fazia mais parte da minha vida.

Houve da Feira da Livro onde eu descobri um material interessante, de uma editora de Portugal, que tratava sobre a história do aborto. Mostrei ao Paulo quando nos encontramos na praça de alimentação da Feira, como combinado, depois que cada um de nós livremente tinha ido atrás dos títulos que mais lhe interessava. Paulo, com duas sacolas, havia comprados os mesmos mestres da crítica moderna, um ou outro francês com seus quarenta e poucos anos, além de umas cadernetas de anotação com capa e contracapa customizadas.

A sua reação foi no mínimo surpreendente. Ele me olhou grave e perguntou se era sobre isso que eu gostaria de escrever. Dei de ombros, nem sim nem não, apenas uma curiosidade sobre a história do aborto, apenas isso. Paulo prosseguiu afirmando que me taxariam de liberal. Disse ser mais apropriado seguir por um caminho que tratasse do tema da gravidez na perspectiva de classe, organizando uma espécie de romance policial com meninos de rua e mães pobres, na chave noir que eu sabia explorar com alguma qualidade. Naquele dia o calor sob a tenda da Feira era insuportável.

Paulo diante do teste de gravidez semiapodrecido no banheiro me ouviu contar que não teríamos filho algum porque eu já havia procurado a tal clínica clandestina de aborto cujo contato a Nuna me passara anos antes e eu guardara em uma agenda analógica, velha, de papel, segura, dentro de uma das caixas organizativas do escritório.

Paulo desaba no chão.

Começa a balbuciar que não era qualquer coisa, *era o nosso bebê*.

Só consigo sair de casa pela meia noite, depois que ele desiste de me impedir e ignora a arrumação da mala sobre a cama. Insinua diversas vezes que eu sou ingrata e diz prever, dentro de muito pouco tempo, o meu regresso ao apartamento e a nossa história, já que antes de conhecê-lo eu não tinha onde cair morta, pingando de casa em casa por aí, dormindo no sofá da sala dos amigos, quase vivendo de esmolas em trabalhos sazonais sem garantia alguma de futuro. Eu rasguei meu diploma. Ele disse: *Você rasgou o seu diploma. Você é uma irresponsável.* Na hora não tive vontade alguma de chorar, mas ao dar o primeiro passo para além dos portões de nosso edifício desabei em uma torrente de lágrimas e senti minhas pernas tremerem feito um par de colunas flácidas.

O teste de gravidez estava escondido em meu armário havia pelo menos um mês. Apenas dois dias antes eu decidira enfiá-lo naquela gaveta como que para tratar de seu descarte em etapas. A mim faltava, não sei por quê, coragem de liquidar a confirmação da gravidez. Suspeito intimamente ter feito tudo de propósito, porque queria que Paulo descobrisse tudo, queria arrumar as malas, queria partir, queria nunca mais vê-lo na vida e aquela situação, o crime cometido, o segredo revelado, eram condições intransponíveis, mágoas incuráveis, um corte profundo na alma que faria com que Paulo, de uma vez por todas, deixasse de gostar de mim.

A Julia tinha ido comigo à clínica em uma manhã de dia de semana. Eu já havia ligado para o médico, passado as senhas todas de segurança e marcado o procedimento. Julia me empresta uma parte do dinheiro necessário, a outra é a Mariana que arranja com um subempréstimo dado pelo irmão mais velho. As duas estudaram comigo na faculdade, durante um breve período até moramos juntas. Para as duas prometo pagar a dívida assim que cair o pagamento do freela para a revista de turismo.

Se tudo desse certo, muito em breve eu viajaria para Belém onde planejava ficar durante quinze dias para escrever sobre os prazeres e encantos da Amazônia oferecidos aos mais seletos visitantes da região onde nasci.

8

José começou a esquecer os dias da semana e a primeira reação dos amigos foi acreditar que tudo não passava de fingimento. Ao longo do tempo, no entanto, ficou perceptível que a falta de memória não era simulação, mas talvez um problema gerado pelo cansaço dos exercícios corporais do grupo de dança onde houvera se metido depois da mudança para o Rio de Janeiro. Também a doença poderia ser confusão mental causada pelas extensas viagens internacionais que passou a fazer quando o espetáculo ficou pronto e famoso.

José é dançarino. Quando passei a última temporada no Rio, todos os dias, José acordava mais cedo pra ir trabalhar e deixava a chave da casa comigo. Ele vive por inteiro dedicado à dança. Enquanto todos se matam pra acumular dinheiro e mais dinheiro, acho bonito e quase me indigna que José, ao sair todos os dias pela manhã, não vá atrás de riqueza, poder, e sim de movimento.

Nós nos encontramos naquela manhã fria e ensolarada de outono paulistano, ele ficaria poucos dias na cidade para cumprir duas apresentações. No céu, nove pássaros voavam em círculos, desenhando um segundo sol, negro.

Não sabia em que mês estávamos e ali eu fui tomada por uma imensa preocupação. Em poucos minutos já estava angustiada tentando abrir a cartilha do tempo para impor-lhe a comprovação de que não podia estar adoecido da cabeça, estava a somatizar inquietações mesquinhas apenas para deixar os amigos e familiares medrosos com a possibilidade de perder sua lucidez e os arquivos de nossas histórias de juventude, tão preciosas, em Belém.

Deixei com ele, além de tudo, duas, três ou quatro ideias de contos que gostaria de escrever mais adiante na vida.

Eu fazia isso com prazer, distribuía pedaços de esboços e ensaios de poemas a pessoas queridas, a fim de nutrir a impressão de que minhas narrativas também pertenciam aos outros. Pertenciam a José – isso o implicava a me amar irrestritamente até o momento em que eu decidisse escrevê-las por fim.

De uma delas eu lembro ainda, tratava-se de um enredo simples a respeito de um homem que não conseguia dormir porque guardava pelo interno das pálpebras, de modo permanente, o resíduo vermelho da luz solar.

Talvez tenha pedido ao José para tomar conta desse rascunho por ser, eu também, a guardiã de um episódio vivido por ele na adolescência, quando experimentou ácido e insistiu na observação despropositada do sol, pelo basculante do banheiro, durante cinco minutos, enquanto fazia o asseio matinal.

Foi a um oftalmologista com as retinas esgarçadas pela luz, mas nunca voltou a enxergar bem como antes.

Dizem que pessoas que não dormem direito perdem gradualmente as lembranças.

Essa informação foi lida em alguma revista de curiosidades quando anos mais tarde também comecei, por meu turno, a esquecer das coisas.

Primeiro foram nomes longínquos, depois os mais próximos. As datas sumiram e em seguida eu já me perdia nos dias do calendário. Às vezes queria falar a palavra gengibre para indicar a velha receita contra dor de garganta que me fora ensinada por minha mãe, e a palavra gengibre não vinha, só o formato gengibre, de maneira muito nítida. Então eu respirava, fechava os olhos pra pegar a imagem do gengibre da minha cabeça e transformá-la num apanhado de fonemas desembaralhados em qualquer lógica linguística que me atribuísse sanidade.

Os amigos disseram que eu estava bebendo demais e esse poderia ser o motivo dos apagões.

Eu e Paulo, depois de algumas conversas, decidimos pela entrega do apartamento.

Os apagões oscilantes me fizeram desesperar silenciosa, porque a jornalista havia escrito um artigo sobre meu trabalho que intitulou de *Escritora da memória*. Tudo que eu sempre quisera ser sem me dar por isso. Fiquei feliz demais ao ler o artigo e da mesma altura tombei quando vi que já não conseguia pescar em minhas recordações as histórias que queria contar.

Viajei para Belém nesse estado e a cidade me aguardava com uma aparência muito similar. A noite morta, os espaços lacunares de um lugar doente de recordações.

Quando o avião se aproxima dos céus amazônicos alguma coisa acontece que tudo balança de uma vez, imagino que algo na pressão ou na temperatura sofra mudança repentina e por causa disso a aeronave responda em turbulência. Ou esse fenômeno pode tratar-se de uma forma de atravessamento de portal ou qualquer um desses movimentos de um plano para o outro, uma mucosa para a outra, sublimação do sólido para o gasoso na passagem entre duas ou mais matérias. O céu da Amazônia é diferente do céu do sudeste onde só consigo capturar, vez ou outra, a ponta de um enorme edifício insistindo na paisagem.

Bem acima de minha cabeça, por exemplo, no quarteirão ao lado de onde agora eu moro em São Paulo, vigora uma imensa torre de televisão que a cada noite fica com a ponta iluminada em cores diferentes. Outro dia eu estava fumando um cigarro, olhei pra cima e a ponta da torre também ardia vermelha, como em brasa, como um cigarro fumado pela cidade que se dedicava como eu naquela noite à apreciação do universo. Um pretume sem fim porque a poluição oculta o valor físico dos corpos celestiais. Nada se vê, ainda assim penso que olhar para cima às vezes deve fazer bem à musculatura do pescoço.

Quando o avião toca a pista de pouso todos podem sentir o hálito quente de Belém cobrindo as tentativas de resfriamento interno da aeronave. É como se houvéssemos adentrado na garganta de um réptil enorme e muito quente — talvez a cobra boiuna que, dizem, fica sob as avenidas da cidade, esperando adormecida o grande dia chegar.

Eu também, na infância, esperava o grande dia chegar. Talvez orientada pelos cultos religiosos frequentados por minha família. O pastor dizia que Cristo estava para surgir e eu, ao invés de mirar o púlpito onde jazia a grande cruz amarelecida, observava as minhas costas os umbrais da igreja, inúteis umbrais que Jesus nunca cruzava. Eu não podia suspeitar de que se tratava de uma anunciação imaterial. Para mim Jesus era homem como todos os outros e chegava aos recintos como todos os outros, por entre as curiosas vigas, pelas portas, pelas janelas, pelas fendas do corpo ou das paredes inacabadas.

Era criança e meus hábitos foram todos definidos pelo olho imponente de deus e seu desconfiável acolhimento. Temia, temia pelas costelas, castigava-me antes mesmo de saber-me culpada.

Quando ia junto com meus amigos da Escola de Teatro olhar a Pantera dançar na praça, pelo início da noite, tentava ficar concentrada em não perceber a vigilância do plano sagrado sobre minha cabeça.

Não tinha certeza se Pantera era atriz ou só uma doida que dançava em troca de dinheiro, mas nós nos divertíamos. De certa maneira foi nossa primeira incursão na vida boêmia da cidade, e nos achávamos maduros o suficiente para encarar a moça como seus iguais, adultos, já que possuíamos alguns trocados – reservados do dinheiro do lanche escolar ou do excedente da condução – para contratar seus serviços de baile.

As pessoas de bem da bela Belém, assim elas mesmas se alcunhavam, chamavam Pantera de prostituta só porque dançava com seus curiosos pés cascudos e delicados ao mesmo tempo.

Havia inclusive uma história contando que três ou quatro mulheres de família, reunidas, tomadas por tanta inveja e fúria, mandaram uns jagunços darem-lhe uma lição de moral e cívica numa dessas madrugadas nas quais ziguezagueava sozinha, com seus panos coloridos e acrobacias. Quebraram-lhe os dentes e o radinho usado para compor a trilha do espetáculo.

Ouvi uma vez minha mãe comentando que, na noite da sova, os jagunços chegaram ao Bar do Parque onde a Pantera fazia descanso. Os garçons tentaram impedi-los de arrastarem-na pelos cabelos para fora dali, mas todo alheio ato de defesa deu-se de modo acovardado, e Pantera, arrancada da mesa de bar, foi parar no terreno de um casarão abandonado bem na esquina da rua onde a Joana morava.

Ali Pantera foi violentada ao longo de toda a noite. As mãos tapando-lhe a boca não silenciavam inteiramente seus pedidos de ajuda espalhados no ar como grunhidos. Suas súplicas ressoaram meio quarteirão acima e meio quarteirão abaixo quase como a respiração pesada da decrépita casa em cuja fachada havia a pichação de um perturbador *Só Jesus Salva* escrito em letras garrafais.

8

Cheguei às duas da manhã em Belém. É estranho ficar hospedada em um hotel na cidade onde nasci e cresci. Nem abri as malas para pôr um pijama, deitei na cama vestida mesmo como estava e adormeci profundamente até sentir o agudo do alarme vibrando em todas as cavidades do meu corpo. Tomei um susto, saltei de um sonho. O empuxo do despertar me trouxe de volta à realidade de um endereço que eu havia abandonado há pelo menos quinze anos. Abri finalmente a mala, peguei a escova de dentes, a pasta, arrumei os cabelos, lavei o rosto e desci para o café matinal, ainda vestida de viagem, talvez para me sentir à vontade em meio aos outros tantos forasteiros que faziam rota por ali sem pedir licença.

Na mesa ao lado um casal norte-americano se preparava para pegar alguma barcarola e atravessar para as ilhas. As manchas vermelhas nas faces e o cheiro do protetor solar em excesso me diziam já fazer tempo que estavam na região. Pareciam inclusive muito mais à vontade do que eu, trançando-se entre pernas por debaixo da mesa e fazendo gracejos com o garçom, um rapaz de no máximo dezoito anos a derreter-se sob aquela roupa calorenta típica dos serviçais da Belle Époque. Nem o ar condicionado do salão poderia conter a enxurrada de suor que lhe fugia pelos sovacos. Além disso, parecia sofrer com o enforcamento da insinuante gravata borboleta.

Trouxe-me o suco de cupuaçu tão desejado. Agradeci e me perguntei se podia perceber que eu fazia parte do lugar tanto quanto ele. Se desconfiaria que eu não era igual aos turistas norte-americanos, intrigados com as cores vivas de um par de araras de palha que ficavam na recepção.

Falei quase rouca, não sei por qual motivo, parece que me escapou a fala do controle:

— Eu sou daqui.

O rapaz riu, depois perguntou se eu gostaria que ele tirasse o prato, fiz que sim com a cabeça e enquanto ele empreendia o gesto corrompi novamente a formalidade de nosso encontro:

— É que não tenho mais família nem casa aqui em Belém, então tenho que me hospedar em quartos de hotel.

O rapaz parou o que fazia e tomou parte na conversa:

— Tu não tem amigos?

— Sim, eu tenho amigos. Não puderam me hospedar dessa vez.

E agradeci novamente, levantando-me constrangida para pegar o elevador, adentrar o quarto, o banheiro e poder enfim ocupar todos os cantos possíveis do chuveiro de águas que eu não visitava havia quase dois dias.

Acendi o televisor e no jornal da manhã noticiava-se um acidente bárbaro cometido pelo filho de um empresário da cidade. O rapaz havia bebido e atropelado três pessoas em um ponto de ônibus. O nome do motorista não me era estranho, talvez porque as colunas sociais dos jornais em Belém pipoquem identidades infladas de dinheiro e reputação. O telefone tocou, anunciaram que meu visitante havia chegado. Pedi para que esperasse no hall de entrada enquanto eu finalizava a preparação dos meus materiais, isso é, um bloco de notas e uma caneta esferográfica.

A revista de turismo havia me convidado para fazer passeios ao longo de alguns dias. O artigo que eu deveria escrever seria sobre os pontos mais bonitos e divertidos da capital. Tratava-se de qualquer clichê do tipo *escritora paraense nos conta sobre sua jornada de volta à cidade das mangueiras.*

Depois do cancelamento de uma cantora famosa da terra, cotada muito antes de mim, vieram me procurar.

O rapaz me aguardava sentado em uma das poltronas da recepção. Usava um boné verde e uma blusa fina de malha com o logotipo da empresa de turismo que publicava a revista. Abriu um sorriso enorme ao me ver e me surpreendeu com um abraço grande e apertado para o qual os hábitos da recente solidão não me haviam preparado. Depois disse chamar-se Miguel. Falou que se sentia maravilhado com minha presença no projeto. No caminho para as docas continuou com esse discurso, ao meu lado no microônibus, comentando em tom bajulador que havia adorado o meu livro e era leitor assíduo de minha extinta coluna no jornal da cidade.

Miguel não era nem quatro anos mais novo, mas me tratava como se eu fosse uma senhora.

Contou ter estudado no mesmo colégio que eu e ser próximo de alguns amigos em comum.

O cheiro das docas era o mesmo daquela manhã em que o Ferry Boat, onde viajei com Paulo de Santarém para Belém, aportou. Cheiro de carniça, água sanitária, limo. Na ocasião, desci da embarcação, depois de dois dias de viagem, desejosa pela terra firme. De brincadeira dei um beijo no cimento do porto assim como fez o Papa João Paulo II em certa foto icônica de uma de suas viagens ao Brasil. Paulo, exaurido pela jornada, ainda teve forças para soltar uma de suas gargalhadas inconfundíveis.

Entramos em um galpão para aguardar o catamarã, lembrei de perguntar ao Miguel sobre o acidente que vira no telejornal. Ele apertou os olhos tentando localizar a informação, como um bom assessor de imprensa, e me disse não saber de muitos detalhes, apenas aqueles que eu já conhecia: o motorista estava muito bêbado e atingira com uma Land Rover três pessoas.

Nós nos apoiamos na estrutura de metal de frente para o rio, Miguel disse que foi parecido com aquela vez em que uma caminhonete entrou no Oito.

Fiquei curiosa, não sabia que ele conhecia o Oito.

Sim, conhecia. E frequentava. E estava lá na noite em que a caminhonete perdeu o controle e se chocou contra a fachada. As pessoas na porta se levantaram a tempo e ninguém se feriu, mas algo muito grave poderia ter acontecido. O dono da caminhonete, mais um dessa espécie de filho de empresário que se reproduz em progressão geométrica na cidade, conseguiu fugir.

Recebi as notícias em São Paulo.

No período desse acidente o Oito ficava bem ao lado da casa do arcebispo que, desconfiávamos, era um dos agentes principais de uma série de denúncias feitas à polícia nas madrugadas em que o bar funcionava.

Tive de admitir que não fui muitas vezes ao Oito como desejei, afinal, já fazia anos que eu estava longe de Belém, mas toda vez que parava na cidade fazia questão de passar lá e dar um beijo na Joana, encontrar os amigos, beber uma cerveja.

No Oito estavam os professores, ativistas, escritores, músicos, artistas de teatro – alguns eventualmente haviam sido alunos de Gabriela, informação que eu computava em silêncio tomando uma longa golada de bebida para anestesiar a saudade.

Mexo em caixas ainda não abertas depois da separação, papéis saltam de uma delas enquanto tento arrumá-la dos rasgos laterais. Saco uma foto: eu, Joana e José olhando para cima, no balcão do Oito, onde ficava o caixa, um pouco bêbados, pode ser, pode ser, sim.

Estávamos em uma rodinha de conversa e decidimos entrar para ver se a Joana precisava de alguma ajuda naquela confusão que era atender todo aquele mundaréu de gente que chegava com pandeiros e tambores nas mãos, puxando ritmos carimbolescos, sorrisos esticados nos rostos, tarde da noite.

A câmera ao alto, talvez o celular de um de nós. José segurava nas mãos uma mochila, eu apareço com os olhos fechados – justo no momento do clique alguém talvez tenha dito algumas palavras engraçadas, desmantelando em milésimos poses previamente elaboradas.

Terá sido José a falar no momento exato da captura de nossas alegrias?

Bora se beijar

ou

Nessa foto só vai sair gente feia

ou

Olha a polícia chegando

ou

Puta! Viado! Sapatão!

A noite se espalhava por entre as mangueiras e permanecíamos em comunhão naquela ponta da Doutor Moraes, quase na mesma esquina do Palacete Bologna, o velho heroico castelinho que havia sido reformado alguns anos antes pela prefeitura, mas que agora caía aos pedaços, todo trancafiado, abrigando um cheiro forte de abandono como todos os casarões depauperados da cidade. Eu gostava de colecioná-los nos passeios que fazia pelo centro e arredores.

Antes de minha mãe morrer compartilhávamos essa rotina de final de semana: pegávamos o carro para circular quase aleatoriamente atrás das arquiteturas coloniais de Belém. Era busca por vigas cheias de desenhos clássicos e janelões ensolarados. Certa vez, conseguimos abrir o portão de uma dessas casas depois de dois ou três empurrões na estrutura do cadeado já meio quebrada.

Um rangido de ferrugem anunciou o princípio da tarefa de vasculha. O mato na parte da frente estava muito alto, e as plantas cresciam também descontroladas. No centro do jardim, um enorme formigueiro. Minha mãe fez o contorno e subiu cuidadosa as escadas. Tentou empurrar a porta principal, mas não teve força talvez por causa da artrite reumatoide, ficou portanto sob minha responsabilidade terminar o serviço de arrombamento.

Enquanto eu tentava achar um jeito de burlar a tranca, ela se escorou na grade de ferro do avarandado e começou a descrever as reformas que faria se um dia, por milagre, pudéssemos viver ali. Seus gestos tentavam me explicar de que modo resolveria o buraco do forro da entrada e como faria o resgate dos azulejos arrancados da calçada com outros azulejos, mesmo que fossem sem um padrão comum, porque achava interessante quando formas desconjuntadas ficavam uma ao lado da outra tecendo um mosaico de cores e imagens realçadas pela diferença.

A tranca cedeu na terceira tentativa. Minha mãe festejou com as mãos para o alto e nós duas empurramos a porta para finalmente vermos a parte interna da casa.

Não sei se nossos corações, ao mesmo tempo porque até pareciam ser um só, ficaram mais surpresos do que tristes ao constatarmos num único golpe de vista a ruína irreversível do desejo: aquela casa, aquela que seria a nossa casa, de azulejos vivos e dessemelhantes, estava oca.

8

Queria contar da virada de ano na praia da Mangabeira no Marajó. Foi a última vez que conseguimos passar juntos, nós, todos os amigos.

Agora no final de ano o José veio ficar comigo em São Paulo porque sentiu minha voz muito fraquinha ao telefone. Em um dos nossos almoços eu tentei refazer com ele os dias de viagem, pensando em esquemas literários interessantes para trazer à baila o caso do caboclo que ficou nosso amigo e, mais tarde, tornou-se a ideia aterrorizante de um pirata de rio que só queria nos saquear. Mas conto a José que a grande dificuldade de escrever sobre esse episódio é o fato de não conseguir conferir ao texto aquele estado de tensão que presenciamos quando vieram nos dizer que o homem era perigoso, andava armado e levava pessoas para o meio do rio com a intenção de fazer coisas ruins.

Não sei muito bem como explicar, mas há um problema de transcrição da realidade aqui. A primeira versão que escrevi da Mangabeira ficou objetiva demais, cheia de certezas que no momento passei longe de ter.

Estava sentada com Joana e falávamos justamente sobre o José e a namorada, reclamando de ciúmes. A verdade é que todas éramos um pouco apaixonadas pelo José, mas àquela altura já estávamos resignadas de que jamais ele seria o grande amor da vida de apenas uma de nós.

Roubamos uma garrafa de vodka dos meninos que estavam na roda da fogueira cantando as velhas músicas de sempre. Estávamos risonhas, eu lembro disso. O banco gelado, era de pedra, fazia muito frio à noite. A ventania do rio cobria nossa pele causando um arrepio fino nos pelos do braço.

De repente, surge um homem que já conhecíamos das andanças pela orla, sua silhueta funde-se negra à paisagem da praia deserta que só conta com o brilho da fogueira. Com a língua enrolada ele nos pede um gole de bebida, depois senta-se trôpego ao nosso lado e chorando confessa que o irmão é pirata de rio e que nos dera frutos de presente a fim de nos atrair para a armadilha. Eu e Joana rimos de nervoso, a tarde havia sido de pura brincadeira com o homem que fora muito receptivo num primeiro momento. Ele nos levara até o seu pequeno sítio no interior do mato e subira num coqueiro à unha, largando lá de cima dezenas de cocos que chegavam num ruído denso ao tocarem o chão de grama e areia.

No correr da madrugada fui tentando fazer a cabeça de alguns do grupo para planejamos partir na manhã seguinte. Fiquei desesperada. Também o agudo do som das aparelhagens durante dias e dias a fio se tornaram para mim angustiantes. Lucas falou que eu estava bancando a madama. A Laura chegou de canto e me confessou que também já não suportava mais aquela música o tempo todo, comparou a Mangabeira ao Atalaia, que era praia de playboy em Salinas e também não dava descanso aos ouvidos. Comentei que, nesse sentido, eu gostava mais da Corvina. Ela disse que poderíamos pegar o carro do namorado, viajar pra Salinas e tentar ir à Corvina no próximo final de semana, ou até pra mais perto, de repente, pro Marahú, de repente. *Só nós duas?* Perguntei. *Sim, só nós duas*, Laura respondeu.

José morde o pedaço de frango assado e quase engasga quando consegue finalmente se recordar de Laura. Ele a descreve tocando na própria cabeça para confirmar a textura dos cabelos, *eram enrolados e pretos. Muito pretos.*

— Sim.

— Onde ela foi parar?

— Eu não sei, nunca mais falei com ela.

Continuo a desenhar as imagens daquele episódio, José parece não se importar com o fim da nossa história.

Voltei à noite da revelação do pirata. Joana e eu ficamos caladas num susto paralisante. Eu só pensava que precisávamos fugir da Mangabeira.

Demorei a pegar no sono. Ouvia o burburinho de outros amigos assustados. Logo não havia mais cantoria em torno da fogueira e aquele silêncio, ao contrário do que eu desejava, no entanto, não me trouxe paz alguma, apenas pequenos terrores esparsos, como se visse na penumbra a agilidade de criaturas sinuosas fazendo-me recordar a todo instante que eu havia me tornado uma pessoa facilmente amedrontável desde o dia em que minha mãe fora cremada.

Não esperei cantar o galo do sitiozinho mais próximo para pular de pé. Fui solitária pelo vilarejo que ficava atrás da praia à cata de outro barco. Bati de casa em casa até encontrar uma família que costumava cruzar da

Mangabeira para Barcarena, dia sim, dia não. Expliquei tudo à esposa do barqueiro, que me acolheu cuidadosamente. Enquanto servia no copo americano um tanto de café preto, contou que o barco estava meio velho, mas carregava até quarenta pessoas e que sairia dali a duas horas. Fiquei animadíssima, cabíamos então perfeitamente na fuga que eu arranjara. Imaginei um enorme navio e, por fim, alguma possibilidade de respiro aliviado. Peguei as informações do local de onde zarparíamos e fiz o caminho de volta em busca do grupo, foi uma correria, todo mundo desmontando as barracas, desatando as redes, arrumando mochila, uns ainda tentaram desengonçados carregar os cocos de mil formatos com os quais o pirata nos presenteara.

Quando faltavam cinco minutos para nossa saída alguns atrasados nos mandaram ir na frente. Apressamos o passo carregados de bolsas, sacolas e caixas de isopor vazias, onde foram transportados os litros e mais litros de bebidas levadas para os festejos da virada do dia 31.

Chegamos à ponta da praia atrás de umas pequenas montanhas de areia e tudo que se exibia ali era um barquinho ainda menor do que aquele que havia nos levado à ilha, saído do Porto do Sal, em Belém. A esposa e o barqueiro nos aguardavam simpáticos e logo foram pegando as bagagens para arrumar na parte debaixo da embarcação. Perguntei se era seguro mesmo irmos todos juntos numa única viagem, a moça riu, disse que sim, e que além de nós ainda subiriam outras dez pessoas porque alguém da família aniversariava na margem oposta.

O barqueiro pediu que fôssemos na parte de cima, uma espécie de capô do barco. Estava um sol de lascar já às nove e quarenta e cinco da manhã. Joana abriu uma tanga no centro e tirou o short e a blusa, ficando só de biquíni, para pegar um bronzeado. Achei graça. Umas crianças subiram conosco, ficavam rindo de nossas perguntas, naquele contexto parecíamos uns estrangeiros de nossa Amazônia. Viver na capital era muito diferente de viver nos interiores ou nas cidades ribeirinhas. A única coisa que talvez tivéssemos em comum era o rio a nos circundar as narrativas todos os dias de nossas vidas.

Uma das coisas que eu mais gostava de fazer, por exemplo, era ir ao mercado do Ver-o-Peso, no desfecho da tarde, ver o cair do dia com a minha gente diante do rio Guamá. Sentávamos nas barraquinhas, pedíamos umas cervejas e uma porção de peixe. Ficávamos horas conversando, e o sol era como um dos nossos, marcava presença no encontro até dar o horário, aí se ia todo para dentro das águas, permitindo que a noite se espraiasse sobre nossas cabeças, lambendo de azul escuro peles e olhos. A sobriedade já esvaída, tornada ao chão de pedra, trespassando as patas dos urubus, como o restolho de um longo dia de calor e trabalho, estudo, ativismo político.

Também falávamos tantas bobagens. Uma história curta podia se tornar assunto de risada ao longo de horas.

Eu era verdadeira entusiasta dessas comemorações sem propósito.

O barqueiro soltou a corda do barco e fomos aos poucos nos afastando da beira da praia naquele leve balanço de navegação. De repente no horizonte surgem os atrasados. Lucas, o mais alto de todos, com suas pernas de varapau, fazia sinal para voltarmos agitando nas mãos uma camisa. Comecei a gritar pedindo que o barco regressasse. A família, antes gentil, reclamou que estávamos dando muito trabalho. José tentou relembrar o caso dos piratas de rio como justificativa de nossa ansiedade, mas nessa hora ninguém mais se ouvia. O barqueiro disse que não tinha como virar o barco para a outra direção por causa da correnteza. Gritei esganiçada a informação para os meninos na praia que não pensaram duas vezes, tiraram suas roupas, puseram os trambolhos de viagem sobre as cabeças e começaram a nadar atrás de nós, aos poucos se aproximaram a braçadas da lateral, e os homens lhes deram as mãos para que subissem em segurança. Eu só pensava que deviam ter cuidado para não pisarem em nenhuma arraia, já que a região ali era cheia de lama e pedras.

(Outro dia imaginei a Amazônia, com suas arraias agora tão distantes dos meus pés, não como um lugar, mas um tempo. Um relógio chuvoso e abafado em que ponteiros deslizam do avesso. Os ponteiros são os ferrões das arraias, me ferem, me arrebentam, me assustam, me encantam.)

No meio da travessia o barco começou a balançar muito, de modo que à esquerda e à direita quase conseguíamos, ainda que acomodados no topo, tocar a água, nossos corpos deslizavam sobre a superfície molhada do casco. As crianças que estavam conosco pareciam adorar o embalo da maré, ficavam nos olhando também, com atenção de gracejo, para sacarem nosso pequeno desespero a cada solavanco. Joana não se segurou e começou a chorar. Eu me esgueirei até ela e lhe dei um abraço, sempre no instinto de irmã mais velha que me acompanhava desde que nos conhecêramos na infância.

Joana era nossa mascote na Escola de Teatro. Molequinha, veio para a turma com oito anos, tinha a voz estridente, adorava as araras do Parque da Residência. Nós as descobrimos quando passamos a ensaiar no anfiteatro de lá o *Teatro em Pedaços*, um espetáculo de rua infanto-juvenil.

Acabou que nos apresentamos no porão da Escola mesmo, no final do ano, mas o convívio com as araras ficou na cabeça. Sempre que eu reencontrava a Joana a chamava de ararinha.

Nesse ponto já não sei como continuar. Se decido ir para a digressão sobre a Escola de Teatro onde nossa amizade começou ou se sigo para frente, contando sobre o retorno da Mangabeira para Belém.

O problema é esse, digo ao José, não houve pirata, não houve perigo, não houve nada, a não ser uma grande comoção pelo anúncio de um terror inexistente feito por um homem bêbado contra o próprio irmão. Sinto-me convocada a meter-lhes numa associação de

Caim e Abel para conceder espaço a minha compulsória formação cristã, mas não tenho fôlego para mudar o ponto de vista do texto e daí, portanto, iniciar um novo romance, por onde eu vagaria como um olhar invisível e em chamas, de terceira pessoa, enfiado numa fechadura para flagrar o ato de grande traição que um irmão impôs ao outro, desonesta e cinicamente, em dia santo – para piorar.

Eu me explico:

— Não havia tensão de verdade no arco narrativo.

Mas eu queria que houvesse, porque poderia usar esse episódio como metáfora para os que viriam depois, como um recurso de fortalecimento crítico no momento em que chegasse as pequenas tragédias que sucederam a nossa viagem de final de ano.

— A praia da Mangabeira é um marco – digo – porque para mim foi o início da morte de alguma coisa. Porque de certo modo a gente devia ter afundado no navio pirata, caído em um desaparecimento histórico, como que ejetados para fora do mundo, abduzidos. Sairia nos jornais todos o sumiço daquela caralhada de jovens em uma das travessias do Arquipélago do Marajó. Depois teríamos de voltar para contar a história, um de nós seria deixado para trás e a escolha de seu nome se daria por deliberação coletiva, quando estivéssemos no meio do motim para a fuga de volta. Naturalmente eu sugeriria o nome do namorado da Laura e seria ele, portanto, o mártir de nossa aventura. Não faria falta nenhuma.

Não lembro o nome do namorado de Laura.

José se vira para mim, térreo, sem pestanejar, e me lembra que é muito melhor termos voltado em segurança.

— Às vezes é bom que a vida se dê com tranquilidade.

Ele me dá um beijo na testa, eu fecho os olhos.

Dez anos antes eu teria desejado que tivesse me beijado a boca.

Depois de aportarmos em segurança em Barcarena, ainda esperamos duas horas para viajar para Belém. O barco dessa vez era muito maior, tinha até espaço para atar as redes. Lembro que fiquei enciumada quando o Lucas chamou a Joana pra se embalar com ele. Também a Laura estava desabada de cansaço no colo do namorado. Desviei meu olhar para o caminho do rio. As vilas ribeirinhas desenhadas por suas casas de palafita me capturavam a atenção. Parecíamos navegar no interior do infinito muito verde e úmido, o espaço vazio de uma procissão que já passou. A chuva ralinha tocava a vegetação da margem e ressoava num canto sudeste e macio.

Aportamos na escadinha do Ver-o-Peso. Propus que almoçássemos lá mesmo torcendo para que a Laura se animasse lembrando que em algum lugar muito íntimo havia ficado interessada em mim. Pedimos peixe frito na barraca da Noca. Vinha com um arrozinho branco, feijão, macarrão, farinha e uma garrafa pet de água muito gelada. Sentamos uma ao lado da outra, mas não falamos nada talvez por estarmos também muito próximas ao namorado. Suspeito que ele nos tenha vigiado por todo o tempo do almoço escondendo-se sob o filtro grosso e negro dos óculos rayban.

Os bancos altos da barraca da Noca, eu e Laura saciando a fome a muitos palmos do chão. Apenas ousei, na duração de um gesto muito sutil, tocar seus cabelos, tentando tirar uma folhinha que poderia ter caído ali enquanto passávamos, na segunda viagem, debaixo das árvores mais inclinadas. Ela sorriu em agradecimento.

José obviamente quis ainda bater um açaí e propôs que o povo migrasse de barraca na feira. Desisti de cansaço. Laura e o namorado se ofereceram para tomar um táxi comigo dividindo a corrida, perguntaram para onde eu ia. Gelei. Em Belém possuía três endereços que me embaralhavam os itinerários: a casa de meu pai, a casa de minha madrinha e a casa, para onde de fato eu ia, que todos sabiam de quem era e isso desabaria amiúde grande escândalo na cidade. Inventei uma mentira e disse estar me encaminhando para o lado oposto ao deles pois tinha de pegar não sei o quê, não sei onde – e se minha mãe não estivesse morta, ainda teria dito ter sido por ordem dela.

Era demais que me desse ao luxo de escancarar naquela hora, assim, às mil direções e sem constrangimentos, o segredo guardado desde os dezessete anos de idade que vinha a ser, é evidente, o caso amoroso com Gabriela, a professora de teatro três décadas mais velha que eu.

8

Minha confusão fez com que eu discasse o número do Paulo por engano. Quando atendeu e disse meu nome fiquei em choque. Não nos falávamos havia pelo menos um mês, por decisão dos dois. Tentei inventar um história de que precisava do seu CPF para fazer a troca de titularidade do pacote de internet. Depois engatamos em uma conversa sem muitos porquês e eu acabei soltando que tenho trabalhado em um novo livro. Reclamei da falta de memória, confessei então que queria era falar com o José para perguntar sobre a viagem que havíamos feito à Mangabeira. Paulo já conhecia a história das vezes em que eu narrara às gargalhadas nossas peripécias de fuga ou de quando tentava desesperadamente expor-lhe como era a minha vida na Amazônia antes de vir pra São Paulo, ou de quando usava a história como gancho para citar indiretamente o tempo em que namorei Gabriela.

A Mangabeira, o exame de gravidez, tudo era igual nas tentativas de contar ao homem com o qual eu decidira viver em São Paulo aquilo que só podia emanar-se de mim pelo silêncio. Não conseguia falar das coisas com clareza, parecia que, de certo modo, ao buscar a objetividade eu estirava meu passado sob o sol até esturricar como se o tivesse abandonado, isso me doía, porque gostava de como o meu passado se apresentava para os outros, gostava que tivesse esse modo todo seu, assim feito segredo aos poucos se mostrando, camada por camada, uma superfície por cima da outra como um processo químico de revelação fotográfica ou como aquelas pinturas renascentistas restauradas que por debaixo da tinta nova carregam sinais sagrados muito antigos, pistas para um tesouro babilônico. A descoberta das pistas e do tesouro nos levam à destruição da beleza assentada na superfície do quadro. Com Paulo eu me sentia assim o tempo todo: a beleza precisava desmoronar.

Durante o tempo em que fomos casados, Paulo manifestou duas ou três vezes certa desconfiança sobre minha relação com Gabriela.

Nossa mais dura conversa se deu em Belém, quando fomos passar as festividades do Círio, e fizemos um lanche da tarde, num barzinho próximo à zona do meretrício, muito perto de onde Gabriela morava. Eu apenas disse: *Sabe aquela minha professora? A Gabriela? É ali que ela vive.* Quando voltamos à casa de minha madrinha, onde estávamos hospedados, Paulo disse não me reconhecer, falou dos meus olhos sem luz, aparentavam ter adormecido ainda que eu estivesse acordada. Era muita tristeza. As despedidas do casarão de Gabriela sempre me torturavam. Parecia haver um pedaço de mim lá dentro, em algum canto escondido, sob o chão de madeira ou enfiado no porão, na biblioteca cheia de livros maravilhosos onde eu me entocava nas horas em que queria só desaparecer dali.

Quando minha mãe adoeceu e teve de ser internada, eu e Gabriela já estávamos juntas e por isso imediatamente fui morar com ela, eu tinha dezoito anos. Pareceu um processo natural naquele momento.

O namoro começou quando um dia, sem mais suportar a paixão platônica, contei a Gabriela sobre o que estava sentindo. É muito clara a imagem da Escola de Teatro à noite, com sua arquitetura neocolonial abrindo nesgas de luz nas sombras, eu sentada naquele banco ao lado do bebedouro, nervosa, tão ousada moça, menstruava não fazia nem três anos. Gabriela pediu um minuto antes de conversar comigo, tinha que resolver alguma questão burocrática de alunos na secretaria.

O Paulo uma vez acordou ao meu lado na nossa cama e disse ter sonhado com essa frase:

O coração dela é um rio

Sorriu e me beijou.

Fico quieta diante dessa lembrança. Pareço manter os dois pés em suspensão à beira de um abismo. Não sei se me passo por crítica a exaltar sem embaraço a cafonice da poesia do Paulo ou se me entrego ao fracasso da experiência amorosa acolhendo até mesmo o que sobrou de inútil. Achava bonito que Paulo sonhasse frases, mas depois que as escrevia tudo parecia tão frágil e altamente vendável, matéria ajustável a qualquer outdoor de dia das mães.

Havia uma trêmula escuridão no quarto quase desfeita pela luz do dia que escapava pelas frestas na cortina. A temperatura de nossos corpos contrapunha-se ao outono recém anunciado pela previsão do tempo.

Paulo fazia isso, percorria muito devagar o meu corpo inteiro com a ponta dos dedos e eu podia sentir tudo, sentia sobretudo o rio que era nada mais que um coração deslizando em músculos, veias e átrios por entre minhas pernas.

Gabriela está de volta da secretaria.

Decidi dizer de uma vez: acho que estou apaixonada por ti. Gabriela tinha quarenta e oito anos de idade. Compreensiva, respondeu que podia me ajudar como amiga nessas novas descobertas, conversando comigo, oferecendo-me conselhos. Recusei como um animal ameaçado. Depois me apertei toda, queria ficar muito cinza, invisível, de tanta vergonha. Gabriela tentou acariciar meus cabelos e eu me retraí, mas não fui tomada pela raiva, não dessa vez. Com certeza me senti acuada pelo ato da revelação, essa valentia primeira que fez minha vida se dilatar.

Febre nas maçãs do rosto. Sentia o meu corpo inteiro arder pelo fluxo de sangue. Gabriela me ofereceu uma carona, eu aceitei. Nesse momento meu telefone celular tocou, era minha mãe querendo saber onde eu me enfiara às dez da noite em dia de semana. Menti dizendo estar na Pedreira, bairro do samba e do amor, na casa da dona Manuela, avó do José (não sei por que inventei isso, dizer que estava na Escola de Teatro teria sido muito mais simples). Deu um rolo, minha mãe ficou puta querendo saber o endereço pra ir me buscar. E eu no carro de Gabriela, aquele Fiat vermelho, um lugar de passagem sem referência concreta, sem perímetro, apenas o trânsito ao redor testemunhando uma atmosfera quase enlameada de tão terrosa e tão úmida.

Quando cheguei em casa vi minha mãe no sofá da sala me esperando com aquela expressão decepcionada, então me dei conta, também pela primeira vez, que havia algo entre o prazer do segredo e o perigo da confissão a permear todas as paixões por mulheres que eu viria a ter.

Era comum ouvirmos na infância dos amigos de minha mãe, os mais conservadores, que homossexuais eram pessoas doentes.

Eu vi Gabriela em cena, pela primeira vez, em uma peça chamada *Toda a minha vida por ti*. Ela conseguira ingressos para o grupo de alunos. Fomos todos juntos, arrumadinhos, assistir à atriz-professora num teatrão da cidade.

Entrava em cena duas vezes, fazia uma governanta ou algo assim. Dava uma voltinha, falava meia dúzia de textos e depois sumia. No final aparecia novamente para dançar uma valsa com as outras personagens. Na peça também estava a enorme Alda.

Alda era a protagonista. Na escola dizíamos baixinho uns para os outros que Alda era a marida da Gabriela. Eu esboçava sorrisos, mas por dentro me mordia.

Vi a peça mais umas duas ou três vezes sozinha. Na escuridão do lado de cá do palco, e sem companhia, não precisava esconder os arroubos de alegria que me tomavam toda vez que a governanta surgia com aquele vestido alaranjado. Ou azul.

Talvez azul.

Depois de alguns meses daquela noite na Escola em que contei sobre a paixão que sentia, Gabriela me quis.

Escreveu um email dizendo que devíamos viver o que tínhamos pra viver, citando uma fala de um cineasta, um aforismo mais ou menos como: *pensar demais mata o desejo*. Não tenho certeza agora se era do Fassbinder ou de outro alemão.

Li o email em que Gabriela declarava seu desejo por mim na sala de informática da escola, na hora do intervalo. Meu coração batia acelerado, se eu fosse uma senhora de setenta anos ele teria explodido, eu teria caído no meio do pátio, dura e arroxeada, sepulta no uniforme escolar. Felizmente, ainda sobrava tanta vida no horizonte, era uma adolescente e estava tomada de felicidade porque a partir daquele email o futuro me reservava um grande amor e tudo viveríamos, às escondidas, sem temer as dificuldades, os empecilhos, a maledicência das vizinhas, as armas de fogo dos coronéis.

Procurei a Joana, estava na quadra de esportes.

Pedi pra guardar minhas coisas, mochila, estojo, tralha de escola, que eu voltaria na hora da saída para apanhar tudo. Joana era uma das poucas pessoas que sabia do meu segredo. Aceitou a tarefa com alegria, estava feliz por mim. Eu saí andando rápido e aos poucos aumentei a velocidade. De longe nós ainda nos olhamos porque eu virei o pescoço averiguando a estratégia para me esconder do seu Cordeiro, que já estava arrebanhando os alunos debandados como eu no intento de guiá-los de volta à sala de aula. Joana fazia um sorriso no rosto, torcendo por minha fuga.

(Houve aquela situação em que o professor de física pegou o meu caderno e descobriu um poema em que eu falava do seu Cordeiro como o braço direito de deus. Matei um horário inteiro tentando escrever esses versinhos no fundo da quadra de esportes com um cigarro roubado na boca. Dizia lá que nem todo cordeiro divino era branco de pelúcia, que existiam os cordeiros negros de carne e osso e que seu Cordeiro era o cordeiro negro de um deus também negro, sagrado e justo. O professor riu e me chamou maluca. Eu era nada. O seu Cordeiro nos cuidava e cuidava de nossos pecados com integridade, eu sabia. Na escola, na rua, nas festinhas idiotas, era como estivesse em todos os lugares olhando por nós, mas não como aqueles santos aparvalhados que me desorientavam em pesadelos, mas como um homem bom, só isso, um homem bom.

(Há dois anos me deparei com a notícia da morte do boxeador Gil Carvalho, afogado nas águas do rio Guajará. Uma história espinhosa e cruel envolvendo glória, disputa, álcool, um treinador melancólico e angustiado. No topo da matéria havia uma fotografia, datada talvez dos anos 1980, que estampava toda a trama: Gil, ao lado de quatro homens, fita a lente erguendo a luva vermelha num aceno de razoável timidez para o implacável público. Surpresa: eu conhecia o homem à esquerda do Gil Carvalho, era o seu Cordeiro. Não havia dúvida alguma, reconheci pelo olhar denso sempre tão bonitamente sereno em contraponto à costumeira expressão grave e carrancuda. Seu Cordeiro, no ofício de inspetor da escola, devia portanto valer-se de utilização afiada das técnicas de esquiva e agilidade do boxe nas maratonas de caça aos alunos fujões.)

Contornei a biblioteca, subi o muro, passei pelo telhado e desci o outro muro de frente para a loja de livros grudada na escola. Tinha uma porta dos funcionários que dava para os corredores internos. Entrei abaixada para a moça do balcão não me notar, fui me esgueirando por entre as estantes dos infantis e paradidáticos até chegar à saída da rua, toda de vidro. Nessa etapa final fiz barulho e chamei atenção. A vendedora que ficava no meio da loja percebeu minha presença e começou a berrar dizendo que entraria em contato com a direção para me denunciar. Ouvia ainda o eco de sua voz quando já virava a esquina, quase chegando ao ponto de ônibus para apanhar o Djalma Dutra, famoso circular da cidade, que me conduziria até a Escola de Teatro onde, àquele horário, eu sabia que Gabriela estava, provavelmente orientando o ensaio dos meninos da turma da tarde.

Depois de vinte minutos apareci no portão da escola. Ela, belíssima, ali, sentada em um banco no estacionamento, dirigindo uma das cenas da peça, uma comédia de jovens baseada em *Romeu e Julieta*.

Nós nos olhamos, ela riu muito espontânea.

Foi tão boa a sensação. Foi como se houvesse um fio desencapado dentro de mim, eletricidade acordada de olhos amarelos e com muita sede.

Eu me aproximo de Gabriela, nos abraçamos e ela me convida a sentar ao seu lado para ver o ensaio. Ao seu lado permaneci por dez anos.

8

José e eu, setembro passado, na porta do prediozinho em Botafogo, nos olhamos lamentando que o céu não havia dado trégua em momento algum. A baixa temperatura não atendeu a nenhuma de nossas súplicas por um dia agradável para um banho de praia.

Um pequeno bando de pássaros cruzava corajosamente o azul.

Ainda passei em Copacabana sozinha, mas o frio era de dobrar os joelhos e apenas fiquei na areia contemplando minha vontade de deixar o mar invadir os poros, fechar os olhos ao final de um mergulho e só deixá-los ver novamente depois de extintos os efeitos do sal.

Quando as pálpebras sobem ainda assim há alguma ardência.

Como em Salinas, para onde migramos naquele julho de 2002, em que o Edir, pai do José, me confiou o carro, acreditando que eu seria uma motorista responsável já que havia acabado de tirar a carta.

Viajamos como uma família, era a primeira vez que eu pegava a estrada, guiei com uma alegria tremenda.

Quando o carro morreu sobre uma enorme lombada, havia uma forma específica de fazê-lo funcionar, mas eu não conseguia entender porque fiquei nervosa, estava escuro e paramos no meio de um matagal. Edir tentava me ensinar e a cada tentativa o carro só morria uma vez mais. Parecíamos estar levemente inclinados porque tudo aconteceu quando paramos de nos mover na saída da lombada. O silêncio ao redor foi quebrado por uma onda de risadas que curou meu desespero. Todas as feras da escuridão escondidas no horizonte podiam ouvir o gargalhar do Edir no interior do automóvel, forjando pelo humor uma tentativa de nos distanciar do mau presságio, por assim dizer, talvez uma mariposa bruxa no meio do mato ou qualquer caminhão surgindo a oitenta por hora, feroz e desenfreado.

Chegamos em Salinas quase à meia-noite e antes de ir para casa passamos na praia da Corvina, já deserta. Estacionamos, Edir tirou o violão do estojo e sentamos na areia para cantar. Joana sabia a música:

Felicidade foi-se embora

O vento nos cabelos anunciava a forte preamar. Dava pra sentir alguém fumando maconha perto de nós, havia um aroma muito discreto para dentro da escuridão em que a praia se estendia.

E a saudade no meu peito ainda mora

Joana cantou taciturna, talvez pela exaustão, talvez pela melancolia da letra. Eu fiquei calada observando o grupo, depois tornei ao volante e deixei todas as caronas em suas respectivas hospedagens. Por fim, seguimos para a residência dos parentes do Edir onde haveria um aniversário no dia seguinte. José e eu, nessa madrugada, roubamos cigarros do maço de alguém e ficamos conversando na varanda.

Pela manhã fomos à praia e fizemos mil mergulhos. Os peixinhos na beira do mar, curiosamente munidos de uns peitos de pombo, os mais velhos nos avisaram, tinham um ferrão que se entrasse no pé era batata, era mesmo pra assassinar as férias.

José parecia não se importar, tripudiava dos ensinamentos e fazia malabarismos. Eu fingia estar corajosa, mas por dentro engasgava medos.

Isso foi o que sempre fiz. Cimentava o horror para não parecer fraca às vistas de quem ousasse me julgar. Sempre entrei aos saltos nas maresias, mas não sem antes sentir um leve temor, um congelamento ósseo que me lembrava que eu não queria sentir dor nem paralisia.

Ia ao fundo das correntezas no rio Guamá quando atravessávamos para a ilha do Combu, posava para fotografias sorrindo. Acenava convidando os covardes ao centro do perigo e me vangloriava da ousadia de nutrir dúvidas sem transparecê-las.

Meu corpo submerso dançava tão bem quanto o de José, a leveza dos meus braços e pernas no rio parecia ser tudo o que almejava na parte de dentro de mim tantas vezes afogada, tantas vezes sem ter forças para voltar à superfície. Essa superfície alentadora depois dos segundos sem ar nos quais tudo é tão possível, mas efêmero, porque a vida debaixo d'água tem duração tão curta.

A cabeça em riste, encaixando-se na coroa da luz do sol, e o oceano imperioso ao redor.

Cumpri na imaginação o mergulho em Copacabana.

A chuva fina contínua fez com que José me puxasse para debaixo de um toldo ao lado do prédio. Entre um comentário e outro, a falta do que dizer preenchia o ar.

Antes do táxi chegar para me levar à rodoviária eu disse sentir muito peso pelos tempos que se aproximavam. Ele abaixou a cabeça preocupado com dinheiro e com as eleições.

Na volta para São Paulo senti pela primeira vez os dias de solidão na nova morada que arranjei depois da separação, uma quitinete alugada. O frio encontrado no Rio de Janeiro parecia se acirrar em meu quarto improvisado entre um pedaço que fiz de sala e a pequena cozinha nos fundos.

Na segunda-feira acordei e não tive condições de sair da cama. Liguei para o trabalho e disse estar doente. Fiquei o dia todo deitada, enquadrando o teto num pensamento de mágoa, todo sentido, e assim refiz os passos da separação.

Entregar a casa, fechar as janelas, dobrar as cortinas, enfiá-las numa mala atirada ao oceano de plástico bolha e caixas de papelão seriadas. Etiquetas com nomes de utensílios domésticos. A soma das horas no círculo branco e balsâmico na parede, protegido do pó, onde ficava o relógio digital.

A solidão de uma sala já sem móveis, sem plantas, sem os barulhos dos talheres tilintando, copos quebrados no lixo, embalados em camadas de jornal grosso para que suas garras afiadas nunca mais machuquem outro inocente.

As cadeiras onde já ninguém mais se recosta. Todas as portas abertas para o oceano de plástico bolha e de caixas de papelão seriadas.

Puxo o tampão do ralo do oceano e o vejo ressecar até tornar-se o deserto de um quarto vazio. O quarto sempre vazio de um filho que não veio.

8

O final com Gabriela não doeu menos.

A última vez que nos abraçamos como amantes foi na cidade do Porto.

O Porto foi um dos lugares mais lindos que já conheci em toda a minha vida.

Até hoje visito com cautela as fotografias que lá fizemos porque me produzem uma forma de dor que tenho dificuldade em nomear. Uma nostalgia do Porto.

Sinto saudade até mesmo da presença de Gabriela absolutamente amarga naqueles últimos momentos a manifestar sem pudores a falta de paciência com minhas questões juvenis, com aquela meninice ainda impregnada em certos vícios que não se dissolvem de maneira simples em um namoro de adolescência. E eu me esforçando a todo custo em parecer madura, cruzando as pernas lentamente, acendendo o cigarro como a diva cinematográfica que eu desejava me tornar para que de novo Gabriela me quisesse.

Media com precisão os milímetros todos dos movimentos em meu corpo nas longas caminhadas que fazíamos pelas ruas de paralelepípedos ao redor da estação ferroviária, aquela repleta de pinturas em azulejos nas paredes a suportar um infinito pé-direito. Pousa nelas ainda o histórico e imenso relógio de ponteiros dedilhando os números de nossas horas igualmente austeras.

Os portugueses às vezes acham que somos da região do Alentejo por causa de nosso sotaque gutural e chiado, mas falávamos mais baixo que toda gente, talvez por vergonha de sabermo-nos de fora, talvez porque muitas vezes nossos assuntos triviais ficavam delicados durante os poucos minutos em que eu fazia uma provocação sobre o desfecho do amor.

Gabriela se incomodava da mesma maneira que Paulo ficou naquela manhã em que nos encontramos e eu, por impulso, perguntei se almoçaríamos juntos em algum restaurante como nos era de costume aos sábados.

Paulo me chamou de manipuladora, lembrando-me que não formávamos mais um casal fazia pelo menos três meses.

Gabriela nunca foi tão direta, mas também devia me odiar em silêncio a cada apelo desesperado de uma palavra que eu encaixava na conversa para tentar lhe demover da ideia fixa de que a mulher diante de si já não seria aquela garota pela qual se apaixonara uma década antes. Eu tentava à exaustão resgatar, qual insistisse inutilmente em salvar um cavalo da terra movediça, os episódios em que intuíramos a certeza da felicidade.

Uma vez, quando pequena, minha mãe me contava sempre essa história, perguntei como faria para reconhecê-la depois que eu crescesse. Quer dizer, eu sabia que ainda seria sua filha, mas pelo tempo passando alguma coisa teria mudado, porque crescer pra mim era uma maneira de tornar-me outra e, sendo outra, talvez virasse por consequência uma desconhecida incapaz de identificar as pessoas próximas da época da infância. Não era bem assim que dizia. Era de um jeito mais simples. Mas agora só sei contar desse jeito.

Minha mãe se orgulhava em finalizar o relato. Dizia que eu mesma chegara à conclusão de que, sim, nos reconheceríamos, porque ela também seria outra. E como numa fórmula matemática as duas desconhecidas, mãe e filha, por causa do tempo, teriam certeza de seu parentesco.

Pois fui descobrir mais tarde que essa batalha vã de transformar-me em outra não cessaria nunca.

Em outra e em outra e em outra.

Estranhas.

Gabriela agora queria apenas terminar em paz a tese de doutorado e eu precisava regressar ao Brasil porque meu tempo de viagem, o luxo do destino europeu sonhado às mil fantasias e realizado na crueza da despedida, estava acabando.

Ao perceber a derrota, pedi para que nunca mais entrasse em contato comigo depois que eu embarcasse no avião.

Passados cinco anos eu lançaria meu livro em Belém e a convidaria para a festa.

Durante dois segundos eu e Gabriela nos olhamos com ternura e foi como se só ali, naquele instante, houvesse a confirmação de que minhas tentativas em Portugal fizeram-se menos desastrosas do que pensara. Eu me senti, ao longo daqueles dois segundos, uma adolescente de dezessete anos novamente, quando nós nos amávamos madrugadas a fio, no velho apartamento da rua dos Mundurucus herdado de Luís Octávio, enganando a vigilância das pessoas em fugas no morrer do dia para Icoaraci, a cidade vizinha, território de minhas primeiras confissões amorosas, ao qual eu chegava excitada por mais uma vez ter conseguido armar um plano para despistar meus pais, meus colegas, minha juventude.

No final da noite, com as luzes do salão onde fiz o lançamento quase todas desligadas, organizei os livros não vendidos em caixas para poder levá-los de volta a São Paulo. Duke Ellington muito timidamente começou a tocar na caixa de som. *In a sentimental mood*. As teclas de marfim do piano todas em semitons de gotas de chuva. Uma pilha de livros desabou da mesa e fez um estrondo. Paulo surgiu da copa e se aproximou oferecendo ajuda. Nos abraçamos, ele se escorou em meus ombros e alinhamos desengonçados os passos, acompanhando a melodia do sax de Coltrane. Meu coração se aninhou numa tranquilidade bonita, escorregamos pelos movimentos em desaprumo como costumávamos fazer na cozinha de casa, no espaço entre a geladeira e o móvel cheio de mofo onde ficava a pia.

8

Sempre me dá vontade de ficar em silêncio quando estou muito perto do rio, porque o rio fala a sua maneira. Miguel, no entanto, não consegue ficar calado. Parece ter muito para me contar da cidade, tenta me atualizar dos acontecimentos, porque sabe que eu me importo em saber.

Ali, na Estação das Docas, que alguns costumavam chamar de Estação das Dondocas – infere-se de imediato a razão –, imperava um clima folhetinesco. Assumimos eu e o rapaz uma posição quase aristocrática de formadores de opinião sobre o mundo. Nessas horas sinto haver não uma segunda pessoa sob a qual me camuflo, mas uma terceira, uma terceira pessoa que é terceira barreira para o contato. Desse modo, consigo conversar sobre qualquer assunto em paz, numa interação possível em que, de alguma estranha maneira, eu deixo de ser eu.

Miguel então se remetia a qualquer identidade que eu observava a uma distância capaz de me manter em segurança para qualquer tentativa de invasão bárbara sobre o turbilhão de pensamentos, quebrantos, maledicências, desejos secretos que não raro me tombam em situações sociais embaraçosas como aquela.

O navio não era muito grande, mas cumpria certa imponência visual com bandeirinhas penduradas e grandes cartazes com o logotipo da empresa. No primeiro andar que dava para um barzinho podia-se ver pintado nas paredes um imenso retrato da Amazônia mística, essa das onças e das vitórias-régias imersas com naturalidade no ambiente urbano, em traço realista, qual fosse verdade que nosso cotidiano em Belém sempre se apresentasse povoado de bichos da floresta e plantas preciosas e frutos proibidos.

Logo me lembrei quando abriu o primeiro shopping na cidade, eu era garotinha. Ficava na mesma passagem do Cinema 4 que eu frequentava. A loja de fast food no último andar também tinha um imenso mural com figuras amazônicas, desde aquelas associadas ao panteão de mitos até os bichos e folhas que existiam de verdade ou, mais honesto que isso, podiam pelo menos ser vistos a olho nu.

Comi meu primeiro hambúrguer de marca de fast food aos doze anos de idade.

Parecia um sonho se realizando aos poucos em nossa tão pacata cidade de fazer e ver sempre as mesmas coisas.

Parecia que o mundo havia finalmente aportado em Belém.

Antes éramos só nós, nossas pedras, nossas bacias de rios, as férias em Ajuruteua, as provas de recuperação nos dezembros chuvosos e amaldiçoados, o cheiro dos bichos degolados nas feiras de final de semana.

No pequeno apartamento para onde nos mudamos, quando meus pais se separaram, cabiam apenas as tardes escuras, pois não existiam janelas ao longo do corredor e na cozinha só se contava uma abertura gradeada para o fosso da área de serviço.

No quarto de minha mãe havia uma, no quarto que eu dividia com minha irmã também. Na hora de nossa chuva diária, eu abria a tramela, arredava a vidraça deixando nelas marcas muito leves de suor dos dedos, punha meus braços pra fora desenrolando-os por entre as grades de ferro instaladas contra a imensa altura do décimo primeiro andar do edifício. Sentia as gotas compassadas encharcarem minhas mãos, brincava manipulando seu formato de agulhas geladas, ordenava os movimentos sem equívocos. Eu era regente dos temporais e não acumulara ainda nem sete anos de idade.

Minha irmã e eu espichamos, o apartamento ficou menor ainda. Já não precisávamos pedir para a mãe nos carregar no colo diante da mureta comum que dividíamos com as oito famílias de vizinhos, ao longo do extenso corredor que dava para os elevadores.

De ponta de pé já era possível enxergar a casa ao lado, lá embaixo, com seu enorme quintal verde repleto de árvores. Naquele lugar uma vez vi desaparecer uma bola minha, enorme, dessas coloridas que são vendidas em parques de diversão. Estávamos passando pela mureta, prontas para irmos ao Cassino dos Oficiais, o clube de piscina dos domingos. Eu carregava a bola nas costas e fiz um lance de jogá-la pra cima. A bola quicou sobre a mureta e caiu. O velho que habitava a casa disse não ter visto nenhum brinquedo no quintal e ficou tudo por isso mesmo.

Foi ainda de ponta de pé, insistindo na busca à bola desaparecida, que comecei a avistar o Presídio São José assentado no horizonte um pouco mais distante do que a casa. Os anos passaram, minha altura aumentou ainda mais e eu pude começar a ver outras coisas, contar o número de celas do lado direito do edifício, obervar o pátio onde os detentos tomavam sol, as guaritas policiais sempre preenchidas de algum corpo rígido, armado e tomado pelas sombras projetadas às esquinas daqueles cubículos.

Em fevereiro do ano de 1998 houve uma grave rebelião no São José.

Imagens assustadoras do motim foram veiculadas nos canais nacionais da televisão aberta. Tudo se passou muito rápido, os homens encapuzados, os reféns exibidos no telhado, o homem com a venda nos olhos sendo torturado com socos e pontapés.

Ninja era o nome de um dos líderes da rebelião. Passadas mais de 24 horas do motim, assassinaram-no. Todas as emissoras televisionaram as imagens do embrulho em um lençol encardido, seu corpo, lançado para fora do Presídio. Depois houve muita confusão, estrondos de paus e pedras, muitos tiros, pessoas correndo. A repórter dá um grito no meio da transmissão. Um homem se joga do telhado do São José para fugir de um linchamento. Quando se espatifa no chão, os outros rebeldes ainda lançam raivosos sobre ele tábuas e pedaços de telhas. A polícia militar começa a atirar e se protege atrás de imensos escudos de metal, aproximando-se devagar do presidiário para proceder em salvamento.

Alguns anos depois o Presídio São José é desativado e passa a abrigar um museu, uma área de artesanato e um polo joalheiro. Torna-se um espaço aprazível para a classe média paraense. Está completamente reformado e o pátio central agora é delicado e cheio de plantas, batizado Jardim da Liberdade. Até uma fonte dos desejos foi construída para incrementar a cenografia.

O que resta da unidade carcerária no novo empreendimento é uma única cela memorial, chamada Cinzeiro, na qual estão expostas fotos da grande rebelião. No interior de uma câmara de vidro há artefatos usados pelos prisioneiros em seu cotidiano e nas tentativas de fuga.

O pé direito da entrada da cela Cinzeiro quase encosta em minha cabeça. Eu ponho as mãos no teto e posso sentir a vibração talvez das estruturas de cimento ou de uma dor muito fantasmática que se entranha no ar. Sinto-me asfixiada, não consigo ficar muito tempo ali. O terror me sobe pela espinha dorsal e se ancora em meu pescoço.

Todas as vezes que entrei na cela Cinzeiro foram tentativas mal sucedidas de exploração. Nunca consegui entender o motivo de deixarem todo aquele aparato histórico à mostra em condições de absurdo contraste em relação ao palácio que se tornou o Presídio São José. Ali a miséria e a precariedade social soam tão valiosas quanto as britas de turmalina vendidas nos stands de joias. É incômodo o sentido da exposição, tem alguma coisa naquele lugar que faz com que as vidas das pessoas envolvidas no episódio da rebelião tenham um valor menor do que a própria reforma e transformação do Presídio São José em São José Liberto.

Eu nunca precisei da cela Cinzeiro para saber o que tinha acontecido naquele fevereiro sangrento ao lado de casa, mas precisava dela, sim, para saber do que não fora dito, e a procurei tantas vezes, como uma menininha perseguindo o paradeiro misterioso da tal bola colorida no quintal alheio. Ao que parece, a finalidade da empreitada já não era mais o brinquedo e sim o jogo nas lacunas baldias do próprio mistério. Por isso ousei adentrar os portais da Cinzeiro tantas vezes, para descobrir como não deveria contar a trajetória de uma vida que me interessasse como escritora. E a partir disso algo me ocorreu, afinal de contas, numa dessas noites solitárias em São Paulo, enquanto refletia sobre como escrever o livro: não existe estética definitiva para o passado.

8

Joana me enviou há cerca de dois anos uma carta do Valongo. A letra é redonda e o papel colorido. Fazia quase seis meses que não me escrevia, da última vez fora eu a enviar um pacote com alguns desenhos, recortes de jornal e uma edição do meu primeiro livro.

Houve um tempo necessário para que Joana pudesse digeri-lo.

Contou-me que terminara a leitura em duas semanas, mas teve de se reservar espaços de pensamento para poder entender o que eu quisera dizer naquele conto sobre estupro. Daí fez o gancho para iniciar a segunda página da carta com o relato de que no Oito ocorrera uma situação de abuso contra uma garota.

Na hora expulsaram o rapaz do bar. Tratava-se de um amigo do pessoal que circulava sempre pelos arredores da Praça da República. Era do tipo que empinava uns malabares nas festas e se metia a ator de circo. Depois sumiu para trabalhar com comunicação social e ninguém mais teve conhecimento de seu paradeiro.

Um dia o Felipe, depois que o Oito já havia sido fechado e todos nós estávamos fora de Belém, comentou a Clarisse ter ouvido dizer que agora o tal abusador fazia dinheiro em uma empresa qualquer de exploração da Amazônia. Clarisse também demorou para espalhar a informação de modo que só depois de um ano e meio da primeira pista, eu fui saber, através de uma conversa por telefone com Marina, que o rapaz se chamava

Miguel

Miguel

Um pouco mais alto:

Miguel

Ele finalmente me ouve, eu pergunto se tem água no catamarã e ele com prontidão resolve minha sede.

Percebo como é um homem bonito.

8

José me envia uma mensagem depois das eleições:

A gente sabe que já é tarde, mas tem jeito? O jeito é a gente acreditar que ainda dá tempo de lutar por alguma coisa.

Tenho constantemente o mesmo sonho faz pelo menos quatorze anos: entro na UTI à força e consigo ainda ver um pedaço do corpo da minha mãe por entre as cortinas brancas que se estenderam bem no momento em que as sirenes começaram a tocar. Antes disso, eu estava ao seu lado, fazendo um cafuné enquanto ela dormia profundamente e falava, num tom de voz muito baixo que eu só conseguia ouvir quando me esgueirava por cima de seus peitos, pousando-lhe na boca o ouvido direito que é o meu ouvido que ouve bem, sobre sua infância na roça. De quando em quando, chamava pelo nome de minha avó, quase como uma menina que pede em desespero a segurança do colo materno.

O objetivo no sonho é novamente tentar salvá-la. Então eu grito, grito furiosamente, mas não sai som nenhum, apenas um ar gelado que nasce dos meus pulmões. Tudo é silêncio dentro de mim, e eu uma vez mais testemunho seu corpo se desfazer a dois palmos de distância. É sempre assim, acordo chorando, fico o dia inteiro carregando olheiras fundas e um branco por dentro a me corroer de impurezas o estômago.

O José disse na outra mensagem que agora com trinta e poucos anos somos pessoas com quem algumas coisas já aconteceram e isso dá medo.

Às vezes o telefone não funciona direito e eu ouço sua voz entrecortada, preciso então decifrar o que quis dizer. Temos sorte, no entanto, de contar com a tecnologia para o contato de quase todo dia.

Por outro lado, feito um velho, assim como Joana, José também me escreve cartas. Da primeira vez me enviou um livro da Adília Lopes com o qual rodei pela cidade ao longo de vários dias, caminhando por aí como se aqueles poemas fossem companhia muito vívida e me dispensassem da responsabilidade de endereços e itinerários.

Nessa época fiquei honestamente constrangida de dizer ao José que não gostava de dar de presente os meus livros, nem mesmo os que já havia lido.

Comprei numa loja um título sobre fotografia do Barthes, uma edição mais nova, e enviei como fosse meu, depois de emular algumas marcas de leitura naquelas páginas virgens para imprimir-lhes tempo de uso, fingindo exercitar aquela generosidade mútua e espontânea que eu só viria a ter muito tempo depois, passadas algumas outras cartas, alguns outros pacotes.

Ele escreveu assim na dedicatória que li me protegendo da chuva sob o toldo das lojas do Viaduto do Chá: *Não me parece estranho te dar os livros que já li.*

O som dos cascos dos cavalos da polícia sempre roubam minha atenção. É um alarme muito peculiar de quase perigo. Só a cavalaria, aparecendo pelas esquinas com cinco ou seis integrantes, pode me fazer desviar os olhos do livro de Adília para situar-me de volta no entorno amarronzado de São Paulo.

Já é outono, meu nariz entope o tempo todo, mas gosto da mistura entre a luz solar e o ar cortante do quase inverno. Quando o inverno chega mesmo já não gosto. Sinto ainda mais saudades de Belém e dos calores todos. Até dos excessos, como tomar tacacá de barraquinha às três da tarde debaixo de um sol igualmente escaldante.

Gosto do tacacá sem goma, a goma me dá uma ziquizira na garganta.

Não era difícil sairmos no final da tarde para nos abancarmos lá na 25, onde se vendia um dos melhores tacacás da cidade. O caldo amarelo fumegante parecia o nosso suor de povo originado à linha do Equador.

Minha mãe dizia: *Hoje vamos cair na vida*. E pegava as chaves do carro comprado a três mil prestações não reveladas às colegas da universidade.

Sempre foi um motivo de vergonha a pobreza na qual tínhamos vivido antes de minha mãe conseguir completar a graduação. Em nossa casa houve muita briga e violência, mas para fora dali parecíamos uma família perfeita de uma mulher e duas filhas, batalhadoras, cujas vidas pareciam ser plenamente regulares dentro do que se espera da classe média.

Quando estávamos só nós três em paz era maravilhoso, nos divertíamos, brincávamos, ficávamos no domingo à noite pulando sobre a cama e comendo pizza, metíamos-nos sob os lençóis fantasiando que aquele toldo era a parede interior da barriga de minha mãe, eu e minha irmã fingíamos uma aventura de busca regressiva por seu útero.

Ela nos punha para dormir. Sonolenta, eu lhe fazia quase todas as noites um pedido:

— Dorme comigo e acorda comigo?

Nos contava uma história para embalar o sono, tratava-se da saga de uma formiga que ia até uma árvore e pegava uma folhinha, levava para não sei onde e depois voltava para pegar outra folhinha, depois voltava para pegar outra folhinha, depois outra e outra. Assim, na repetição dos fatos, minha mãe cuidadosamente nos fazia adormecer, a formiga nunca chegava a lugar algum, a folhinha nunca nos dizia para o que servia e a narrativa nunca terminava.

Havia uma outra história também repetida tantas e tantas vezes em nossa infância.

As mosquinhas e o copo cheio de veneno na mesa da cozinha. As mosquinhas desobedeciam a própria mãe e se aproximavam do copo de veneno, só uma delas conseguia escapar. A outra definhava, as patinhas endurecidas, até o último suspiro. Eu e minha irmã chorávamos. Mas éramos felizes com as histórias.

No dia do cabeleireiro senti a agonia de minha mãe quando sem querer eu soltei para todos ouvirem que já lhe tinha visto usando dentadura. Ela me fitou dolorida, com os olhos muito raivosos e eu logo comecei a refazer minha fala, desesperada, afirmando que apesar disso havia um tratamento e que em breve teria o sorriso novamente. Justifiquei a todas as pessoas ali que minha mãe havia sofrido um acidente com vinte e poucos anos, mas não sei se foi isso mesmo, não sei.

A moça que fazia alisamento nos cabelos de minha mãe tentou mudar de assunto. Ao chegarmos em casa, aquela guerra novamente, ela gritava comigo e com minha irmã, não lembro se me bateu, mas foi dura, disse que aquilo era particular e que nós não tínhamos o direito de exibi-la assim em praça pública, banguela, gengivas nuas, rosadas, vulneráveis. Eu tinha seis anos de idade, a irmã, oito.

Minha mãe costumava nos dar palmadas e surras de cinto.

Uma vez, todos os cintos que ficavam num suporte atrás da porta do seu quarto, eu escondi em uma mala debaixo da cama. Ela descobriu porque precisava de um deles para segurar as calças jeans novas, tive de assumir meu plano e o esconderijo. Minha mãe então ficou em silêncio o dia todo e chorou sozinha sobre a cama, no escuro. Ela não ficou sabendo que eu ouvi, mas eu ouvi.

Em algum momento da vida comecei a desafiá-la.

Ela me dava palmadas e eu virava para olhá-la nos olhos, provocadora, morrendo de sofrimento, mas como que dizendo: *Eu já estou habituada a essa dor, você vai ter que me mostrar outras.*

Aquele sonho terrível em que entro na UTI e a vejo em meio à derradeira parada cardíaca... Aquele sonho vem da verdade. Aconteceu mesmo que eu entrei sem autorização na ala de Terapia Intensiva onde minha mãe padecia havia semanas internada depois do AVC. Os médicos tentaram me conter mas eu me desvencilhei de suas mãos e consegui observar por entre as cortinas da saleta de emergência. Ela convulsionava e os médicos em volta seguravam aquelas pás desfibriladoras. Suas pernas subiam e desciam, pareciam não ter curvatura, estavam completamente enrijecidas, ligadas à retidão do tronco. Tinha o corpo completamente endurecido, logo ela que, embora não tivesse talento para a dança, assim como José, gostava tanto de dançar.

8

Aviso ao José que voltei para dois dias antes da grande fuga do pirata de rio, quando ele nos levou para pegar os cocos em sua casa no meio do mato. De algum jeito conseguira nos convencer a levantar da areia e segui-lo, nós, todas as sete ou dez pessoas que estavam no episódio. Contando dessa forma comecei a desconfiar que o pirata talvez nos tenha jogado alguma encantaria.

Uma vez, o José atravessou para a ilha de Cotijuba e se meteu a rir de uma mulher no meio do mato, descabelada, vestida com camisa de deputado, falando coisas sem sentido. Alguns dias depois um bando de pássaros começou a cantar dentro de sua cabeça, furando seus olhos de dentro pra fora, entupindo seus ouvidos com o farfalhar intermitente de centenas de asas angustiadas. Não tivemos dúvida de que José havia mexido com uma visagem, e o pior: fizera pouco dela e agora estava pagando por isso.

Nessa época eu quase podia sentir tudo que ele sentia. Sabê-lo adoecido me deixava desesperada. Havia acabado de mudar-se para o Rio, morava em uma pensão de estudantes. Sempre que podia eu ia vê-lo e captava imediatamente o momento em que se distanciava, ficava a olhar pra cima, acariciando os próprios braços, como se fizesse em si mesmo um carinho para acolher-se em face da revoada de pequenos demônios alados que só ele podia ver e sentir.

Em uma de nossas despedidas nos abraçamos demoradamente talvez pela suspeita do período longo que ficaríamos sem nos ver. Dias depois ele seria aprovado em uma residência artística de seis meses na Alemanha.

Voltei para São Paulo no ônibus da madrugada, estava exausta e dormi muito, acordei quase no final da manhã, com o corpo ainda desgastado pela viagem. Tentei abrir os olhos colados por remela e cansaço e ao receber a primeira rajada de luz do dia consegui ver a silhueta, aos poucos tornando-se mais e mais nítida, de um imenso pássaro negro de pele cheia de couraças, dono de uma expressão muito dura, pousado sobre minha barriga.

Paulo surgiu na porta do quarto e me chamou para almoçar. Eu me virei assustada e ele sorriu sem comentar sobre o pássaro. Nesse momento me dei conta de que também havia sido pega pela maldição da mulher.

Dizemos que pessoas nesse estado estão mundiadas, isso é, envolvidas por alguma encantaria. Sempre me pareceu uma palavra bonita. Os mais velhos falavam de nós, na infância, como meninos mundiados. Acho que quer dizer meninos cheios de mundo, mas não o mundo das coisas materiais, essa realidade que nos circundava detonando dia após dia uma vida absolutamente previsível dentro dos comportamentos sociais, políticos, econômicos, a mesquinharia terrena valorada por motivos sempre produtivos, sem descanso, sem respiro. Não, os velhos falavam do mundo dos invisíveis – isso que nas cidades amazônicas se confunde, à medida que a modernidade tudo coloniza, com alucinações, mal psíquico, problemas mentais. Nós sabíamos muito bem haver uma diferença entre o mistério e o adoecimento.

De madrugada, nas adolescências, quando eu e José caminhávamos de volta para casa, podíamos ouvir as rasga-mortalhas nas brenhas das árvores e suas sombras, avisando que deveríamos sair das ruas. Por outro lado, também, as rasga-mortalhas podiam ser apenas o som do apito dos vigilantes noturnos de bicicleta que, contratados das vizinhanças, rodavam os bairros espantando com seus alarmes toda sorte de invasores.

Às seis da tarde não entrávamos no rio. Era natural respeitar o horário das encantarias, mesmo se a vontade de um mergulho fosse grande como sempre.

Sandálias viradas faziam a mãe da gente morrer, a faca caída no chão dava briga, dormir sem calcinha fazia a gente engravidar da cobra grande. Uma vez dona Manuela contou do rapaz que foi para o meio do mato e voltou com um olho azul e o outro preto porque viu algo que só ele mesmo poderia ter visto. Tia Marília flagrou a prima distante, a que fora assassinada, caminhando pelos corredores da casa antiga, vestida de branco, com seis anos de idade, buscando um pote de farinha. Minha irmã viajou enlutada para Caxiuanã e uma cabocla veio comunicar-lhe que nossa mãe a observava do plano dos mortos, chorando muito, lamentando o corte brusco de nosso encontro na Terra. Eu, por minha vez, viajei para a casa de tia Lucinha em Mosqueiro, na Ilha dos Amores, junto com a Elaine e o Marcílio, e fiquei alguns minutos sozinha na biblioteca que era o seu espaço de passar as tardes no período final da vida, quando a esclerose já estava avançada. Enquanto tateava as lombadas de seus livros preferidos tentei conclamar sua presença, feito pudesse ter algum controle sobre a metafísica de nossos mortos. Sentei em sua chaise longue, essas vaidades de tia Lucinha, e insisti mentalmente:

Aparece, tia Lucinha. Aparece pra mim.

Aparece, tia Lucinha. Por favor.

Me deixa ver o invisível.

Abri os olhos e tudo em volta permanecia, para meu terror e desespero, severamente desasssombrado.

Com o passar dos dias, Paulo começou a me achar estranha. Eu dizia não entender meus pensamentos, tentava falar-lhe do pássaro negro como metáfora para que não ficasse atordoado com o fato dele estar o tempo todo em um sobrevoo incômodo, importunando minha cabeça e dando rasantes para bicar também minhas pernas.

Paulo ficou preocupado com meu olhar opaco.

Uma noite, sem suportar a inquietude, sumi. Quando ele me encontrou na manhã seguinte eu parecia vazia. Apenas sentei-me na beira da cama, pedi perdão e fiquei calada. O álcool exalava dos meus poros e minha cabeça rodava de um lado para o outro. Sobre meu ombro direito pesava o corpo da imensa ave de rapina que já fazia meses formara seu ninho naquele mesmo lugar, trazendo porcarias no bico toda vez que voltava de algum passeio mais demorado, desses que me criavam esperanças de cura. Quando ela saía por aí eu me sentia leve e podia esticar as costas, Paulo até comentava a diferença de minha postura:

— Hoje você não está tão torta.

Dizia e se alegrava, porque naquela época lhe parecia uma alegria me ver em paz.

8

Tem uma foto grudada em minha geladeira da nossa peça *Teatro em pedaços*.

Papel fotográfico já desgastado, no retângulo encaixo-me ao lado da Joana e do José.

Tive de tirar a foto da geladeira cuidadosamente para fazer a mudança.

Sou a maiorzinha no meio da cena, estou virada para a Joana enquanto José, curvado atrás, está a nos observar. Fazíamos juntos essa cena inventada em improvisações. Tratava-se da história de três mosquinhas irmãs que ignoravam as orientações da mãe e se metiam dentro de um copo cheio de veneno na cozinha. Para ficar mais engraçado, jogávamos ao público a decisão sobre sua morte, eles decretavam se as mosquinhas pagariam ou não pela atitude desobediente. A maioria do público quase todas as noites dizia que não devíamos matá-las, mas numa segunda conversão ilusionista, manipulávamos a escolha e invariavelmente assassinávamos as heroínas. Aí estava a graça, o público julgava poder salvar as personagens e resolver a trama e nós surpreendíamos mostrando a todos que, no fim das contas, quem manda de verdade na ficção é a própria ficção.

Nessa mesma peça fazíamos uma apresentação de mágicos, palhaços e bailarinas, em uma cena em que todos morávamos num circo chamado Lando, então quando juntávamos as duas palavras dizíamos *circulando, circulando, circulando*, e andávamos em círculos no meio do palco como um exército de crianças palhaças autômatas, violentamente burocratizadas, policialescas.

As horas na Escola de Teatro eram bem mais que deliciosas. Gabriela se empenhava em nos passar exercícios da performance cênica. Aprendemos nas aulas de teatro coisas básicas para a arte da interpretação como:

— Não ficar de costas para o público

— Projetar a voz a fim de que o hipotético sistema chamado *velhinha surda* sentado à última cadeira da plateia tivesse condições de ouvir o que era dito, ainda que a intenção emotiva do texto fosse, por exemplo, um sussurro.

— Sobre o sussurro: emancipar a palavra sussurrada do domínio do silêncio. Em último caso, moldar no corpo a expressão histriônica de quem sussurra e dizer o texto em um volume audível, invertendo a intencionalidade do segredo. O segredo deve estar para fora, jamais para dentro. Quanto mais alto for falado o texto, mais engraçado se tornará o efeito do sussurro.

— Decorar o texto sem saber que o texto está decorado, pois os atores em cena sabem o que vai ocorrer em cena, as personagens, não. As personagens não constituem vaga ideia sobre o próprio futuro. Exemplo:

As mosquinhas não sabem que morrerão envenenadas;

Nós (digo: eu, José e Joana), enquanto intérpretes das mosquinhas, tudo devemos saber sobre o envenenamento e sobre a morte;

José me levava para casa depois das aulas, caminhávamos lentamente e as ruas iam se anunciando para além do céu e dos pássaros migrando para os lugares seguros da noite, as ruas eram uma forma de desfecho do dia. As barracas de vendas desarrumadas, luzes de postes se acendendo, uma a uma, o trânsito piorado pela necessidade massificada de retorno ao bom e velho lar, o jantar, o telejornal, a cadeira na calçada como posto final de observação da vida: um farol desativado. Além disso, a moleza infestada de carapanãs picando o braço.

Antes de partir da Escola do Teatro, contudo, praticávamos as velhas brincadeiras de rua. Pulávamos amarelinha por entre as pedras portuguesas em frangalhos, gritávamos para os passageiros dos ônibus.

A Tainá morava logo bem ali do outro lado da rua onde ficava a Escola, mas o pai havia lhe proibido terminantemente de jogar com o acaso dos carros e atravessar fora da faixa de pedestres.

Uma vez, Tainá se despediu de nós, tomou a direção do semáforo e foi aí que José segurou sua mão e lhe deu um puxão de sair correndo, Tainá teve de correr junto. De repente estavam os dois velozes, canelas finas de molecagem, cortando o asfalto ao meio, anarquistas. Tainá ria e corria, distante da faixa de pedestres, em movimentos trôpegos quase do avesso do chão. Os carros buzinavam e desviavam dos dois em velocidade reduzida.

Tainá não parecia ter se livrado das ordens do pai, mas debulhava-se em alguns segundos de desobediência inofensiva e prazerosa.

Os olhos de José, duas fornalhas, excitados pela pronunciada afronta. José tinha os hábitos da cidade, andava sozinho desde pequeno, sabia dos atalhos e de toda astúcia necessária as boas caminhadas.

Também se deslocava em sua bicicletinha velha, essa do tipo que leva engradados de bebida na parte da frente e na parte de trás. Na parte da frente havia uma estrutura, como um banquinho, onde deveriam caber engradados maiores. Ali eu me sentava, nos finais de noite do Oito, quando já estávamos com nossos vinte e poucos anos, e deixava José me levar até em casa, pelas ruas da avenida Nazaré, escuras e abandonadas àquele horário.

As árvores que ainda não tinham sido vítimas das podas irracionais reuniam-se frondosas em suas copas que verdejavam feito uma cortina de matas cobrindo-nos as cabeças. José levava o dobro de tempo pedalando porque eu me jogava para frente e para trás, bêbada, alegre, querendo levantar voo. Caíamos juntos nos meio do asfalto, dobrados pela boemia, os joelhos iam que iam se ralando e as gargalhadas eram agudíssimas rompendo a tranquilidade da vizinhança.

Dos prédios mais altos, jogaram em nós um balde de água misturada com mijo. Isso foi alguns meses antes de Joana ser presa e o Oito fechar.

8

A gente falava assim no colégio quando começava a achar que ia ficar menstruadas:

— Acho que fulana vai virar moça.

Crescer tinha isso, era cair em viração de uma hora pra outra, num solavanco.

Eu me desesperava ao pensar em ser moça quando aos poucos passei a ver todas as minhas amigas abandonando a infância. Repentinamente começavam a discutir nos assuntos escolares as marcas de absorvente que usavam, a natureza de seus ciclos de sangue. E eu, pois as regras não desciam, fui ficando pra trás, como que estancada na correria do tempo, agarrando-me no meio do vendaval a qualquer poste ainda seguro.

Joana estudava duas séries abaixo, era dois anos mais nova. Antes da sexta série, as crianças ficavam em um outro prédio e havia uma única passagem em que nós, os mais velhos, podíamos vê-las. Era quase um beco interditado por um portão de ferro, ninguém ia lá. Eu e Joana, sim. Passávamos o intervalo inteiro, separadas por aquelas grades, conversando sobre a Escola de Teatro, falando bobagem, aplacando a pequena solidão uma da outra, naqueles anos curriculares que não terminavam nunca.

Sempre nos motivamos pela sensação de irmandade. Aquela madrugada, já adultas, em que brigamos na Ester Lanches, a mim parece algo para além de um mandato de violência entre duas estranhas, foi o excesso de intimidade que nos fez levantar a voz, essas pequenas agressões que aprendemos na infância e que se tornam de pronto um turbilhão na vida adulta.

Sei que antes estávamos bem. Tínhamos ido ao cinema comemorar mais uma de minhas chegadas à cidade. Decidíramos comer algo, beber algo, o tempo se expandiu noite adentro. Depois de umas tantas cervejas comentei que em São Paulo, no período em que morou comigo, alguns meses apenas, não conseguimos nos dar bem porque ela provavelmente criara muitas expectativas em relação a nossa convivência.

Não tenho a mínima ideia do motivo que me levou a falar desse jeito, lançando completamente sobre Joana a responsabilidade de nossas longas discussões, tornando-a alvo de uma arrogância estúpida que me impediu de perceber todo o amplo contexto daquele período.

Foi justo quando eu estava tentando me entender com Paulo, ainda sem perceber, no entanto, que nossos passos como um casal eram os finais.

Joana dormia em uma rede pendurada na sala e podia escutar pela fina espessura das paredes nossos gritos de mágoa em qualquer mínima discordância que aparecesse.

Nunca entendi como o fim de um romance pode ser tão evidente e ao mesmo tempo tão obscuro. Sei calcular todas as vezes que olhei para o Paulo e tive a claríssima sensação de que já não estávamos mais juntos, embora ainda dormíssemos na mesma cama e dividíssemos as experiências de um cotidiano razoavelmente alegre e arejado.

Nossas manhãs de café costumavam ser agradáveis, levávamos muitas horas – quando era possível – conversando, falando bobagem, resgatando memórias na tentativa de narrar um para o outro qualquer novidade, alguma história perdida que por sorte não tivéssemos ainda comentado.

No mais, quando as tramas já estavam gastas, repetíamos as preferidas apenas pelo ato de subvertê-las em cacos sutis de invenção.

Gostava de contar ao Paulo das coisas que havia lido nas madrugadas insones.

No decorrer do dia, no entanto, as desavenças surgiam como monstros intransponíveis. Brigávamos por causa de dinheiro, programações, desejos, literatura e, acima de todas as coisas, motivados por um porvir repleto de sonhos que nunca chegavam.

Joana se intrometia e me irritava bastante, embora soubesse no fundo de mim que só agia desse modo por querer ver os conflitos resolvidos e, enfim, que a resolução deles me trouxesse de volta alguma alegria.

Na Ester Lanches eu bati com violência um copo na mesa quando fui chamada de cínica.

Joana, em seu turno, levantou-se erosiva e passou a gritar que eu era uma farsa.

Começamos a chorar as duas.

As pessoas no entorno nos olhavam com curiosidade pérfida e eu rapidamente passei também a ofendê-las como um público dopado que só sabia aplaudir as mazelas alheias e exigir seu bis.

Joana saiu chorando para o banheiro. Fui atrás pedindo-lhe para que se resguardasse, disse-lhe que nossa relação não precisava ficar exposta ao julgamento alheio.

Uma calmaria se anunciava para logo em seguida desdobrar-se em outra série de ofensas que culminaram em abandonos recíprocos. Joana decidiu ir embora, mandou-me entrar no carro e eu disse que ali não entraria *jamais*.

Ela acelerou e lá fiquei eu, às cinco da manhã, sozinha no meio da Cidade Velha, esperando alguma boa alma me oferecer uma carona de volta para a casa da Denise que me oferecera um quarto naquela temporada.

A turba só fazia seus enquadros, alguns riam em suas mesas preenchidas de garrafas. Fiquei cheia de vergonha. Saí andando sem pagar a conta e ao chegar à Praça da República, com o sol já posicionado um pouco tímido na primeira metade do céu, tombei em um banco e reiniciei o choro. Uma mulher sem dentes se agachou diante de mim e perguntou como podia me ajudar.

Demorei um pouco a perceber que tratava-se da Pantera, a dançarina de minha infância, agora em vestes puídas e mal ajambradas. Os cabelos desgrenhados não mencionavam a glória da dança e da sedução que eu testemunhara no passado.

Não consegui falar nada, Pantera levou a mão aos meus cabelos, fez um carinho e com a voz pastosa e quente de alguns goles de cachaça disse que eu deveria ter fé, que as coisas melhoravam e que eu precisava ser forte. Por fim pediu dinheiro para mais um goró, procurei na bolsa alguns trocados e entreguei apertando sua mão, tentando de toda maneira fazer valer o meu silencioso agradecimento. A única coisa que consegui dizer foi um pedido para que se cuidasse. Pantera rapidamente levantou, aproximou-se de meu ouvido direito, enrolou meus cabelos atrás da orelha, espantou o pássaro negro em meu ombro e sussurrou que já se cuidava fazia muito tempo – que eu não sabia quanto tempo esse tempo fazia e que, se pudesse, cuidaria de todos os filhos paridos e não paridos, arrumando-os em seu colo, nos lençóis antigos do colchão sob a marquise onde costumava passar as noites.

Algumas horas depois, apesar da longa madrugada insone, eu já estava de pé e da casa da Denise parti novamente para a Praça da República com a intenção de reencontrar Pantera. Cheguei ao Bar do Parque e perguntei se alguém sabia onde estava. Todos desconversaram.

Seu Rai, que me conhecia da boemia e tinha um carinho todo especial e mal humorado pelo grupo de amigos com o qual eu circulava, chamou-me de canto e sussurrou o telefone de um senhor que poderia me dar as respostas necessárias.

Fui de mototáxi até o Conjunto Cordeiro de Farias, onde combinei de encontrar o homem. Já reconhecera sua velhice pela voz, morava em uma casa de madeira verdejada, carcomida pelos temporais calorentos de Belém. Ele me esperava na porta, com seu par de sandálias azuis, camiseta regata, a pele muito escura e tuíra.

Desci da moto e fui recebida com a surpresa de um abraço, entrei na casa do velho ignorando todas as orientações de minha mãe sobre não aceitar convite de estranhos. Lá dentro uma mulher fazia um café. Fui apresentada como amiga da Cleusa.

Cleusa pra lá, Cleusa pra cá.

Cleusa bebendo todas no Palácio dos Bares em 1978.

Cleusa na Escola de Teatro, aprendendo a entrar em cena, mover o corpo, todo mundo gostava, a família inteira ia assistir às peças, a Cleusa foi até do Cena Aberta, grupo do Luís Octávio, que montava uns textos de autores estrangeiros, certos nomes que ressoavam estranhos na pronúncia, mas que causavam maravilhamento quando as cortinas se abriam.

Cleusa vestida de heroína grega, Antígona, disposta a enfrentar a ira do Estado para garantir em dignidade o enterro do irmão, Polinices.

O desfecho trágico, na ocasião, foi adaptado à beira do rio. A narrativa do Cena Aberta fez com que Antígona, despojada das vestes, do assombro, do futuro, da própria carne, escapasse da morte em uma barcarola toda iluminada, lançando as cinzas de Polinices sobre as águas do Guamá.

Sem saber, eu repetiria o lance de Cleusa, ou de Antígona, ou de tantas outras, na beira do rio, com as cinzas de minha mãe, antes guardadas em uma urna mortuária tapajônica que eu e minha irmã havíamos comprado na feira de artesanato de Icoaraci.

A tarde estava quente e o sol um pouco aceso ainda no horizonte deitava-se, lento que era, sobre a outra margem do rio, o lado de lá d'uma ilha. Comigo estava José, não completáramos nem vinte anos e aquele rito passava a fazer parte de nossas memórias. Eu peguei um punhado das cinzas, com a mão um pouco dura, trêmula, esforçando-me em vão para não deixá-la deslizar por entre as dobradiças de minha pele tão jovem. Levantei o braço e apenas abri os dedos para deixar a ventania fazer seu trabalho, liberando aquela poeira branca do aprisionamento físico que eu ainda chamava de mãe. Era nuvem, era neblina, pedaço de fantasma. Ossos, abdômen, mãos, cabelos moídos em partículas brancas finalmente entregues ao ar.

José sempre possuiu essa cabeça enorme. Desenhar-lhe a silhueta contra a luz do pôr-do-sol era averiguar a assimetria de sua forma física. Tinha pouca altura, era encorpado, costas largas, tronco curto, pernas grossas, os pés chatos pendurados em solas grossas de quem caminha quase rente ao chão, pisando chinelas gastas.

Em *Sonhos de uma noite de verão* eu interpretei Pedro Marmelo, o líder de uma trupe de atores que em certo ponto da comédia é enfeitiçado e se transforma em um burro. José tinha acabado de ingressar na Escola de Teatro, fazia uma personagem chamada Filóstrato. Ele entrava em cena com um quimono ou algo assim, parecia um figurino oriental, trazia uma faixa branca na testa, carregava um cajado e falava alguns textos curtos no início e no final da peça. Mas lembro dele mais pela outra personagem que também interpretou, um dos atores da trupe de Marmelo.

A cena da trupe se dá em uma clareira no meio de algum bosque encantado, a indicação é que os atores estejam ensaiando uma peça que será apresentada à realeza, núcleo principal da trama. Ensaiam a tragédia de Píramo e Tisbe, casal de amantes apartado por uma muralha, algo assim.

O texto decorávamos no quintal da Escola de Teatro, ao pé de uma pequena goiabeira. A turma da manhã ensaiava uma peça sobre a floresta amazônica, às vezes deixávamos recados uns para os outros nas paredes pretas da escola, escrevíamos com giz branco. De um dia para o outro as respostas iam surgindo:

Olá

Olá

Tudo bem?

Tudo

Como é a Escola na parte da manhã?

É *chata mas é legal*

Aos poucos as conversas foram ficando intranquilas

Pau no cu de quem ler isso até o final

Só tem puta na sala de vocês

O grupo de vocês só tem viado e sapatão

Filhos da puta

Seu Benedito que fazia a limpeza da escola, viu o José escrevendo, lá de longe soltou um berro que espantou a todos. Corremos para a escada para fugir, o giz e o apagador caíram no chão levantando um pó branco no ar. Escapamos pelos corredores, deixando um rastro invisível sobre a madeira envelhecida no chão que, suponho, até hoje abafa seus rangidos como se dela irrompessem os gemidos das antigas visagens.

Seu Benedito, com toda a paciência do mundo, limpava as palavras escritas nas paredes que jamais se apagavam inteiramente, deixando manchas ao longo de todo o porão da Escola. Durante anos ficaram lá os resquícios dessa conversa entre anônimos, como um jogo de telegramas curtos, frases grosseiras, molecagens adolescentes em looping, atravessando a passagem do tempo. Agora pronuncio essas mensagens em minha imaginação, tentando refazê-las, decodificá-las, e é como se conversasse comigo mesma, em épocas diferentes. Não há mais seu Benedito para limpar as palavras escritas nas paredes, só há as palavras escritas nas paredes, sem as paredes.

8

Depois de alguns minutos de conversa fui perceber que a Cleusa era a Pantera.

A mulher falou estar muito feliz por conhecer a amiga da irmã.

Aproveitei para perguntar como poderia fazer para ver a Cleusa novamente.

Uma mudez.

O homem e a mulher riram.

O pão com manteiga já estava pronto, a moça pôs no meu prato e serviu um tanto de café com leite. Observei a toalha da mesa enquanto mastigava sem dizer um piu. Era amarela com uns rendados, rosas vermelhas em profusão no cenário de vez em quando amaldiçoado por algum vinco rasgado ou em vias de estraçalhamento.

Depois de um par de horas apanhei outro mototáxi para o centro e de lá liguei para a Joana.

O sinal sempre chamando. Desisti na terceira vez.

Desliguei o celular e o pensamento mais renitente se despejou sobre mim. O pássaro negro apareceu na janela da casa de Denise, abri uma fresta para deixá-lo entrar temendo condená-lo a morrer de fome se não o fizesse. Comuniquei a ele a descoberta que queria ter dito a Joana em procedimento de pacificação:

— Lembras da nossa Pantera? Seu nome era Cleusa e ela faleceu em 1999.

Meses depois Joana me chamou para o casamento do irmão em Campinas, lá fizemos as pazes.

Contei-lhe o acontecido e ela suspirou.

Disse que, em Belém, já era informação antiga a morte da Pantera.

— Cheguei tarde, pra variar.

Mais uma vez passei na Praça da República para ver se enxergava a mulher que falara comigo naquela manhã. Havia tantas delas, jogadas na grama, dormindo nas esteiras, abandonadas à própria sorte. Decidi parar de tentar reconhecê-la em meio as outras e fui-me embora.

Na Ester Lanches a íntima batalha ainda estava em aberto. Voltei lá um ano depois para acertar a conta. Ester, mal humorada, disse não me reconhecer. Passou meu cartão de débito e nem se despediu de mim depois.

Se fosse ela, eu teria me perdoado.

8

O pássaro e suas escamas muito grossas. Os olhos pareciam perfurados pelo vento. Caía para dentro dele como se tragada por aquele poço da infância, na visita que fizemos a Santo Antonio do Tauá.

Fiquei horas e horas esperando que alguém aparecesse, mas sem falar nem gritar, como se a mudez se impusesse como forma mais digna de pedir ajuda.

Quando criança às vezes sonhava que podia voar. Era um desenho de leveza na atmosfera. Eu saltava do décimo primeiro andar do Monsenhor Azevedo e saía planando pela noite da cidade, via tudo de cima, sentindo-me um corpo celeste em processo de expansão, colecionando as copas das árvores, porções de folhas distribuídas ao longo das ruas e avenidas. Planar sobre tudo era agradável, refrescante e bom em meio ao calor das nossas madrugadas.

Nas mínimas faltas que permearam meus dias, depois que minha irmã passou a estudar na parte da tarde (já que era um ano mais velha e avançara para a quinta série), fazia coisas sem barulho, ficava deitada nos corredores de casa observando o teto – ou melhor, observando tudo que podia caber nos esquadros do teto feitos com o par de olhos até então conservados sãos, pois o acidente com a pedra ainda não havia acontecido.

Tomava parte no chão e pensava no tamanho que tinha até ali, perguntando-me como poderia se dar isso da vida crescer pelas carnes e por esse espaço interno, o qual eu suspeitava de alguma maneira ser elástico, trucidado muitas vezes por quem o invadia sem cuidados, arrogando-se o direito de dobrar-me à cintura e pelos cabelos qual terra violada.

Voltei à história da Mangabeira. Brinco com José que eu adoro contar do pirata. Ele está mal humorado, acende um cigarro e me ignora de modo terrível. O José, não o pirata.

Tenho raiva de José nesse momento, tenho vontade de berrar que deixei Paulo depois de arrancar às dentadas do corpo a criatura que ele queria gerar através de mim. Mas isso é um segredo. Não entendo, nunca vou entender, quando a gente revela uma ponta da verdade, acontece um contratempo, um evento secreto e aí uma outra ponta se rebela e se esconde.

Permaneço calada no banco de praça onde José e eu sentamos dez minutos antes. Estamos em Belo Horizonte dessa vez. Faz meses que comecei o livro, faz alguns anos que a história do Oito se concluiu.

Pergunto se ainda sente eventualmente a presença dos pássaros, ele suspira e diz que sim, às vezes, mas em uma intensidade menor do que no começo de tudo. Eu concordo.

O meu pássaro, olho-o de perto pela manhã, ao lavar o rosto na pia do banheiro, e muitas vezes quase não noto o seu contorno. Parece ser feito agora de um apanhado de linhas destoantes, quase transparentes, e já não me assusta tanto.

A praça fica perto da estação de metrô Carlos Prates, cheia de flores coloridas, arroxeadas, carmins, brancas.

Outono novamente, o frio atravessa os casacos e se infiltra na pele, tornou-se parte fundamental de nossa conversa assinalada por tantos hiatos.

— Com os pássaros escasseados somos um pouco menos interessantes.

— Tanto melhor.

José ri. Me abraça. Eu me afundo no abraço. Eu tinha doze anos e o José dez. Foi aí que nos conhecemos. Ele, um menino mirrado sentado ao fundo da sala de ensaios da Escola de Teatro, via tudo se esgueirando pela penumbra do ambiente com as tábuas escuras correndo ao longo do chão.

Preservando alguma distância por ora segura, José observava os colegas de longe, vergava o olhar com timidez. Os cotovelos muito manchados das quedas contínuas no quintal de dona Manuela. Subia e descia os jambeiros à guisa dos pés cascudos, imundos do chão de cimento e grama.

José gostava de rir, mas ria-se por dentro, secreto, escondendo de nós aquele som que depois de tanto tempo reconheceríamos à distância.

Ele observa o bando de seus novos convivas de longe. A mãe o matriculou na Escola de Teatro e, como frequentava muito o espaço para assistir aos espetáculos do grupo de adultos, avisou-lhe para conter as brincadeiras que por maus hábitos aprendera com os moleques do colégio, disse que lá não era lugar de ser ignorante com a escolha das pessoas, com a vida das pessoas.

José não entendia. Perguntou à mãe o que tentava dizer com aquilo. A mãe, cuja rispidez e doçura se misturavam nos dias fortes de trabalho, todos os dias, contou ao filho que Gabriela, a futura professora, era sapatão, mas que isso não devia ser motivo de chacota e nem da conta de ninguém. José fez que sim com a cabeça e seguiu para o banheiro, para fazer o asseio antes de dormir.

Gabriela sempre energética e viva. Os cabelos lisos e finos, cortados na altura do pescoço, seu passo apressado nas calçadas sempre me provocaram imensa dor, aquela dor das confissões engolidas como pusesse uma mão inteira dentro da boca, garganta abaixo, digerisse meu punho, meu braço, invertesse meu corpo pra botá-lo todo dentro de mim, e eu sumisse, virasse inseto de repente, uma mosquinha, para voar perto dos cabelos de Gabriela, cortados na altura do pescoço, e desse modo acompanhar-lhe na vida de sempre, os passos cotidianos, ver de perto o quarto onde dormia, a cor dos lençóis, o tom amarelecido das paredes, o buraco no forro do teto olhando pra ela, a gata Clarice sobre a poltrona toda vermelha de estofo movediço, o rádio-relógio tocando todos os dias às seis da manhã, pendurando-se no tempo e balançando-se para frente, sempre para frente – mas me interessava a parte de trás do tempo de Gabriela, o passado, a infância em Macapá, na casa de palafita, ela e mais três mulheres, a mãe, a irmã mais nova, a avó que também chamava Gabriela. Eu queria vasculhar a sua história, eu tinha fome de saber o que se passara com ela antes da minha aparição, nossa diferença de idade montava para mim um extenso caminho impenetrável, de um período em que eu sequer era desejo de pai e mãe, um não planejamento. Eu não era, mas já estava, já estava ali na vida de Gabriela, Gabriela que não me sabia.

No período de nosso namoro brincávamos que, apesar de eu ser muito mais nova, quando a velhice chegasse, ela aos oitenta anos de tênis de corrida e vigor eternamente jovial me empurraria depositada sobre a cadeira de rodas, aos cinquenta, sorumbática e sem forças.

Abro a caixa onde guardei nossas correspondências, é um pacote amarelo velho dos correios por onde uma vez me enviou um presente grande. Quando eu morava com Paulo a caixa ficava dentro de um dos armários em que ele nunca mexia, no escritório, e penso mais, ainda mais longe, tantas e tantas portas e tampas que Paulo nunca se sujeitou a abrir, como se muito esquálida fosse a sua vontade de visitar as minhas coisas.

Gabriela começava as cartas sempre com o

Meu Amor ou

Meu querido Amor

ou *Amor da Minha Vida*

E dizia em qual cidade estava, porque era bastante dada às viagens, gostava de estudar lugares novos, inscrevia-se em cursos distantes e eu ficava sempre na saudade, esperando sua volta, o abraço apertado e secreto na esquina de casa, depois das seis, quando a tarde já estava em lusco-fusco, aquelas cores vivas da noite esparramada sobre o terreno que faz com que nossos olhos fiquem confusos ante o desenho das sombras. Assim passavam os carros por nós e a fortuita sensação de errado, de que éramos dois seres clandestinos cometendo a fraude, a grande fraude. Eu guardava em mim, de certo modo, a expectativa de que alguém conhecido nos visse e falasse, e rastreasse, e revelasse para todos o que se dava ali entre professora e aluna. Seria um alívio e ao mesmo tempo o fim da grande tarefa do desejo, a ocultação de nosso crime indigesto, o segredo escamoteado por entre o conteúdo de matemática no caderno adolescente e as sorrateiras estratégias para desvencilhar-me do controle de todos, saltando compromissos como quem adia a própria vida.

Dizia à mãe que estava na beira do rio com alguma amiga, depois da peça a qual teríamos hipoteticamente assistido, na verdade a beira era a cama de Gabriela, até determinado horário inteligente, limite para uma boa filha, tempo que não levantasse suspeitas.

Um domingo desses inventei uma viagem da escola, de formatura, disse que nossos representantes de sala haviam conseguido um ônibus para levar todos os terceiros anos para a praia, perto de Belém. Não fiz muito esforço, minha mãe costumava acreditar bastante em mim, tinha isso de ter confiança inteiriça nas filhas. Eu não me sentia culpada, logo com isso, não. Com Gabriela não parecia que o temor do inferno me consumia, pelo contrário, eu me sentia livre – talvez pela primeira vez na vida – de todas as cegas correntes que me atavam os sentimentos.

Por ela eu conseguia alinhar-me à confusão de tudo que havia no espaço, o caos de nossos dias, da vida secreta que levávamos, e ficava tranquila, respirava com leveza, percebendo que, sim, aquilo tudo que não tinha explicação e que não cabia nas certezas das casas de família talvez fosse o lugar onde eu mais quisesse estar.

Foi da seguinte maneira que fiquei amiga de José: ele sentado no canto escondido da sala deu uma risada alta por causa de um comentário que o menino, aquele um que interpretava o Oberon na nossa montagem de *Sonhos de uma noite de verão*, fez a meu respeito. Percebi e me virei irritada, caminhei até os dois para cobrar a provocação.

Oberon ficou no suspenso de pavor, eu era conhecida por ser explosiva na turma, uma diaba.

José, no entanto, não conseguia parar de rir e isso, de algum modo, me encantou.

As aulas de teatro aconteciam às segundas e quartas-feiras. Com o tempo, entretanto, eu já não conseguia ficar as terças, quintas, sextas, sábados e domingos sem encontrá-lo ou sem falar com ele ao telefone das coisas que enxergara no dia, podia ser *uma moça que caiu em um buraco e eu só não achei engraçado porque tu não estavas do lado, José,* ou sobre o ralho que levara de minha mãe por ter deixado a janela do quarto aberta mesmo com os avisos de trovão.

Uma cor de chumbo se ia infiltrando por todos os poros do céu, nas nuvens acasteladas fundiam-se rinocerontes a cavalos sem pernas que eu capturava, olhando para o alto com a cabeça apoiada sobre as duas mãos, o corpo curto deitado no chão, as perninhas cruzadas para o alto. O olhar percorrendo vagarosamente tudo que havia acima de minha cabeça. As primeiras gotas de chuva, grossas, duras, começavam a cair e eu deixava meu rosto ficar molhado, expondo-me àquela sensação breve a aliviar-me do calor.

A chuva era intensa na Ilha do Mosqueiro, daquela vez do sumiço de José. Eu passava férias na casa de minha madrinha, ficava atrás da praia do Marahu. Minha mãe me puxou da areia molhada, à beira d'água, mal humorada, perguntando se eu sabia dele. Entramos na casa e ela encostou o telefone em minha orelha direita, o aparelho ainda quente da conversa que se havia seguido minutos antes. Do outro lado a voz da mãe de José estava embargada, implorava-me sobre alguma informação por entre os ruídos e chiados da linha telefônica tentando sobreviver à interferência causada pelos matagais do entorno.

A lembrança de José me contando um segredo, naquela tarde na frente da Escola de Teatro, antes de entrarmos de férias, passou discretamente por meu peito, como um fiapo de cabelo na comida que eu pinço com a ponta dos dedos e atiro longe. Respirei. Disse não saber onde ele estava, a mãe ainda insistiu *peloamordedeus* que eu falasse qualquer coisa que pudesse lembrar, lancei os olhos perdidos na sala da casa da madrinha, onde estavam ela e minha mãe a me enquadrar seríssimas enquanto eu terminava o assunto. Pus o telefone no gancho, levantei o rosto para as duas e dei de ombros, minha mãe fez uma expressão desconfiada e eu arregalei os olhos para falar num tom ofendido e severo:

— Eu não sei onde o José está.

Corri novamente para a beira d'água. Molhava meus pés no horário do banzeiro, o embalo das águas doces melancólicas, deslizando na própria pele, tecendo aquela frágil camada transparente sobre a areia argilosa, incrustada de pedrinhas e sementes como o fundo das embarcações que ficavam, quase fora d'água, a rés do chão.

Abri novamente a bolsinha que eu vivia carregando pra cima e pra baixo com lápis, canetas e o caderno de desenho que transformara em diário de bordo. Minha irmã brincava do outro lado da praia, eu podia ver sua silhueta diminuta curvada para apanhar conchas e corais. Usava um vestido vermelho cor de telha – décadas mais tarde ela me dirá jamais ter possuído um vestido vermelho cor de telha, afirmará também que naquele dia da ligação não estava na ponta do Marahu, mas passeando na Vila dos Pescadores com nosso avô.

No diário eu escrevia por códigos sobre minha primeira paixão. Às vezes botava as palavras ao contrário, às vezes usava apenas as iniciais, às vezes rasurava o nome da pessoa amada, sentindo-me talvez arrependida por aquela revelação realizada à força pela escrita. Voltei as páginas para o meio de junho e li novamente, com um peso de culpa nos ombros, sobre a confissão que José fizera a respeito do rapaz da lan house. Reli tantas vezes a frase, escrita numa letra miúda quase envergonhada de existir, que José também gostava de meninos e estava apaixonado por um estranho. Peguei a caneta vermelha e escrevi que se José não aparecesse dentro de dois dias eu mostraria a sua mãe minha pista sobre seu paradeiro. Felizmente, José voltou pra casa no dia seguinte, com o rabo entre as pernas, inventando qualquer história.

Quando a mãe de José algum tempo depois descobriu o segredo do filho, enlouqueceu e lhe devorou de ameaças. A primeira coisa que José fez para defender-se foi atirar à linha de frente a melhor amiga, dizendo que eu também era diferente e gostava de beijar meninas.

A garotinha de vestido vermelho cor de telha, talvez minha irmã, se aproxima de mim. Volto a observar o horizonte e a dinâmica preguiçosa e malemolente das pequenas ondas.

Foi na praia do Marahu que vi o pé do menino quase pendurado unicamente por nervos e fibras depois que os pescadores conseguiram arrancar o ferrão da pequena arraia. Carregaram-no para um carro estacionado à frente do quiosque principal, o menino berrava de dor. Fui correndo ver o corpinho da arraia que ficara na areia depois de martelarem-na a paus e pedras para que soltasse sua presa. Eu nunca apreciara uma arraia tão de perto, realizei o curioso desejo bem feliz, ainda que o bicho estivesse quase integrado aos grãos e ao cascalho da praia, aberto, com as entranhas atiçadas para fora, para sempre forjado à paisagem de minha infância.

8

José estala três dedos diante de mim para que eu ande na fila. Pegamos a sessão das quatro de uma exibição especial de Fitzcarraldo no Palácio das Artes para aproveitar os três dias que ainda nos restam em Belo Horizonte.

Na sala de projeção o áudio começa a falhar, podemos ver apenas as imagens, alguns reclamam e o técnico faz de tudo para resolver o problema, é possível ouvir o barulho de seu corpo movendo-se na saleta acima de nós. Por um segundo até gosto de ficar olhando a tela e aqueles estalos vivos saltando de quando em quando sobre o elenco. Naquele instante não fazem falta os diálogos do filme, a ausência deles nas caixas de som produz a sensação de cinema mudo, as ações físicas articulam a narrativa. A grande embarcação de Fitzcarraldo trespassa silenciosamente as águas do Amazonas, centenas de homens esmagados por um grande tronco de árvore também não ecoam voz nenhuma e por essa razão parecem tão espantosos.

O que senti foi inversamente proporcional ao dia em que eu, José e Joana fomos assistir à apresentação de uma orquestra de percussionistas alemães que integrava o Festival de Ópera da Amazônia, todos os anos realizado no interior dos salões coloniais do Theatro da Paz.

Foi a primeira autorização que José teve da mãe para passear depois do sumiço. Passamos os três na Lojas

Americanas que ficava perto da Praça da República, furtamos chocolates e uma latinha de Coca-Cola.

Parte dos ingressos era distribuída de graça para a população e nós nos enfiamos cedo na fila que se enrodilhava ao longo das imensas paredes cor de telha do Theatro (H em tipografia colonial, a letra que dominava todas as outras e fazia da arte teatral uma ação voltada aos diletantes emocionados de Belém, uma elite cultural iludida e arrogante).

O Festival de Ópera era um acontecimento internacional que movia, se não me engano, uma semana do calendário de nossa cidade. Nós, tão habituados ao tecnobrega ressoando pelas esquinas, nos radinhos das mercearias, nos aniversários de família e festas populares, podíamos experimentar o sabor da tal música erudita, da famigerada alta cultura, a expressão maior do espírito de um tempo – restava apenas saber a quem pertencia esse tempo.

Os chocolates roubados faziam barulho em nossas mochilas como se nos delatassem em meio ao silêncio que precedia a entrada dos músicos no palco.

As luzes se intensificaram, cada músico tomou seu lugar, de repente respiraram juntos em uma contagem muito sutil e aquele som começou. Nós ficamos maravilhados, uma música inteira feita só com xilofones, marimbas, surdos e toda a imensa ordem de percussões cujos nomes não nos foram ensinados. De repente ficou tudo escuro e a música continuou, nessa hora eu senti uma tristeza tão grande pelo que se anunciava ali, naquele ato de ouvir, ouvir com as entranhas, ouvir com os músculos, ouvir sem os olhos. As lágrimas vieram muito rapidamente e eu demorei alguns segundos para entender que havia de fato um problema elétrico no teatro, aos poucos a música foi cessando, cessando, cessando, deu-se uma mudez geral e em seguida murmúrios da plateia.

Tão logo as luzes de serviço foram acesas, tomei um susto. Meus olhos vermelhos sob a claridade branca. José e Joana perceberam antes de mim que eu havia chorado. Os dois começaram a rir. Ou um deles ficou preocupado.

Talvez Joana, porque Joana gostava de me passar conselhos e tinha reais críticas ao meu estado dramático tão contínuo e intenso.

Talvez José, porque importava-se com o choro que eu carregava por dentro e que às vezes surgia do lado de fora em momentos inusitados.

Minha mãe, quando ficava triste sem que ninguém pudesse notar pela aparência, dizia estar chorando por dentro. Eu ficava a imaginar, menininha ainda, o choro por dentro, uma torrente de lágrimas a inundar colchões internos, as cartilagens, camadas gordurosas, como um vendaval. Acreditava que por dentro dela moravam cinquenta pequenas mulheres, todas como ela, trabalhando para que o corpo funcionasse.

Quando as articulações lhe doíam, eu pegava a pomada de andiroba no armário bege da cozinha e massageava com cuidado a região inflamada para amenizar um pouco o seu sofrimento. Passei anos fazendo isso. Na madrugada de sua morte, quando o cadáver foi liberado do hospital por uma portinhola na saída dos fundos, minhas mãos voltaram a massageá-la, e eu beijei sua boca, túrgida, sem irrigação sanguínea. As ranhuras dos lábios embranquecidas, os olhos cerrados como se desenhados pelo rasgo de uma lâmina sobre um rosto que agora eu já não conseguia reconhecer direito.

Antes disso, enquanto aguardávamos na recepção do hospital a liberação do corpo e dos documentos para o funeral, tentando nos distrair, eu e minha irmã entramos em um jogo de adivinhação sobre qual seria a última coisa que nossa mãe teria pensado antes da morte. As vozes embargadas, muita dor envolvendo e separando cada hipótese, uma a uma.

Para minha irmã, nossa mãe fizera o caminho contrário: do fim para o início. A morte, portanto, seria o seu primeiro despertar em Almenara, cidade ao norte de Minas Gerais, região que escolhera a dedo para chegar ao mundo dos vivos. Antes, talvez, ela apenas vagasse como uma ideia, um pensamento, o oposto inominável de todas as esferas de existência que a linguagem a todo custo tenta batizar. Talvez, apenas uma coisa, um ponto, uma linha azul turquesa no espaço entre uma estrela e seu negativo. Um grito engolido no meio do mundo, o berro que não sai, o silêncio de uma notícia que ainda não chegou. Então, a 31 de janeiro do ano de 1950, nasceu em berço humilde, numa casa também muito humilde, em um pequeno roçado. Também no dia 31 de janeiro de 1950, nasceu Donatília, minha avó, pela quarta ou quinta vez, cumprindo o clichê da propaganda moderna de que toda mãe nasce e renasce no mesmo dia em que faz a parição.

A foto empalidecida de Donatília em uma estante do meu apartamento revela uma senhorinha de olhar muito terno enfiada timidamente em um vestido branco estampado por rosas azuis, cujo movimento do tecido faz parecer que as flores estão a quedar-se em um plano invisível, em um céu reverso que termina na altura dos joelhos, placidamente como todo céu, simplório como todo vestido de avó.

Pois houve que, quando Donatília enxergou minha mãe pela primeira vez, previu que aquela dona meninazinha ainda tão recém chegada ao mundo dos homens e das coisas e das palavras iria viajar para muito longe, distanciando-se talvez para sempre da própria família assim que alcançasse idade suficiente para ousar a liberdade.

Profecia concretizada: minha mãe jamais ficou muito tempo atada a um mesmo lugar. Aos vinte e poucos anos de idade foi parar em Belém do Pará, depois de mudar de cidade três vezes.

Deixou-se escapar para dentro d'uma verdadeira jornada de solidão enfrentada do período da adolescência, no momento em que saiu de casa, até o dia de sua morte, a 26 de setembro de dois mil e algumas tristezas, ainda tão jovem, vitimada por uma pequeníssima explosão em uma veia da cabeça, localizada nos confins obscuros da ala leste das malhas cerebrais, ali onde os pensamentos são bichos silvestres e, ao modo das cobras corais, conferem contornos expressionistas à realidade. Ali onde ela era tudo que era, ali onde nascia toda a sua sagrada força capaz de estraçalhar essas muralhas apoiadas nas vigas mais ordinárias desses dias de merda.

Naturalmente, depois de sua morte, eu enlouqueci. Pássaros. Pássaros. Pássaros.

Pela loucura talvez possa se explicar o motivo do beijo que dei na boca do seu cadáver. Penso muito sobre esse beijo. Chego à conclusão de que meu corpo, nem a pomada de andiroba, nem o armário bege da cozinha, estávamos habituados ao seu fim naqueles primeiros segundos de morte. Por essa razão viemos a crer, meu corpo, a pomada de andiroba, o armário bege da cozinha, que minha mãe apenas dormia e por isso ainda podia sentir a conjunção de nossos agrados.

Depois, foi num certo piscar de olhos, essas mariposas pretas batendo asas desesperadas, que me dei conta num agudo de dentro: *Agora ela não existe mais no mundo.*

Em breve o sol vai raiar e esse será o primeiro amanhecer em que ela está morta. Há qualquer coisa de morto em mim, há qualquer coisa de morto também em tudo que é vivo lá fora.

No final daquele mesmo ano houve a viagem à praia da Mangabeira. Antes disso, no entanto, em outubro, vivi pela primeira vez a romaria do Círio de Nossa Senhora de Nazaré completamente esvaziada de sagrado.

8

O salão era antigo e ficava no fundo de uma galeria da avenida Presidente Vargas, estava forte o cheiro de produtos pra cabelo, tinha o ar quente do secador, os barulhos intensivos, a vassoura de uma senhora pequenina ciciava no espaço.

O barbeiro perguntou se eu queria mesmo fazer aquilo. Olhei meu rosto no espelho, talvez pela primeira vez em muitos meses com sóbria atenção, e disse:

— Sim, pode raspar.

Depois disso fui pra casa, dormi um pouco entregando-me àquele estado de tristeza que se banha nos subterrâneos do sono. Tive a sensação de que as horas sobre a cama, onde minha cabeça pouco se movia enfurnada entre o travesseiro e a parede, se estenderam durante dias e semanas.

Chegou o domingo, as pessoas na procissão me olhavam, mas olhavam como quem olha para uma pessoa qualquer no meio de uma multidão, a imagem gasta do anonimato na percepção alheia. Eu me sentia estranha, meu couro cabeludo queimava sob o sol do dia santo, ardiam todos os pedaços de minha cabeça. Eu, sem cabelos, careca, me perguntava se as pessoas podiam ler em meu semblante que me contorcia por dentro.

Todos éramos iguais no infinito mar de gente, os cânticos repetitivos transbordavam em meus ouvidos, o calor barato e real me fazia lembrar que minhas pernas ali, sem as pernas de todas as outras pessoas, de nada serviam. Só era possível caminharmos todos juntos, realizando pelo corpo a corpo uma coreografia vaporosa. Pensei com meus botões que em pouco tempo a cidade não daria mais conta do evento que a festa da fé se tornara, mais de dois milhões de pessoas na rua, povos do interior em massa chegando dentro de ônibus clandestinos, turistas, clericatos internacionais.

Com tanta gente trasladando, caminhando, pisoteando, o solo a cada século parece ceder um tanto mais. Dizem-nos os velhos que é a cabeça da cobra boiuna começando a se espertar, deslizando milimetricamente pelas camadas originais da terra. Sempre me pareceu a boiuna uma criatura feita mais de águas que de escamas, eu podia imaginá-la deslizando gota a gota, de um sítio ao outro, bem lentamente, corrente sanguínea que eu previa por dentro dos meus braços depois de olhá-los por alguns segundos, escavando o desenho vermelho verde de minhas tortuosas veias, serpentinas, como os próprios rios amazônicos observados do avião ou das retinas livres de muitos pássaros.

Menina, apertei as mãos de minha mãe na primeira vez que voei para longe de casa. Fomos a São Paulo visitar tios e tias, eu nunca tinha olhado uma cidade de cima. Belém vista de cima só tive mesmo quando voltei. Olhos de ave ou olhos de satélite, nem sei, mas me dava sede observar tanta coisa ao mesmo tempo. A cidade onde nasci não foi a primeira a caber inteira em mim, pelo contrário, resiste a sensação de que a cidade onde nasci está sempre a me escapar, e de si mesma, pelas bordas.

(A palavra migração é sonora de um jeito que me dá a sensação de qualidade das águas, por exemplo: *Hoje a maré está em migração.* Como se migração significasse *cheia* ou *vazante.* Algo assim. Queria falar: *Olha como está bonita a migração hoje na orla, vamos beber uma água de coco e admirar a migração.*)

Um dia eu entrei em um último avião e deixei de ser moradora de Belém.

Ao migrar de região, primeiro o corpo é tomado por certa excitação que rapidamente se esvai na correria dos dias e no frequente destaque que os habitante originais do novo lugar dão ao fato de tu seres um expatriado.

O que detonou a revelação de meu estado estrangeiro, antes de tudo, para mim, foi o sotaque de erres guturais e um calor de garganta em algumas palavras. A voz desliza, declarando aos brados minha procedência, como se toda vez que eu abrisse a boca surgisse ela, toda ela, a chuva às quatro da tarde de todas as tardes de minha infância amazônica.

É parte da migração arrancar-se ou ser arrancado de um lugar para plantar-se em outro, criar um emaranhado de raízes e caminhar.

Eu pude olhar pra trás tantas vezes. Virei o pescoço tantas vezes. Retrocedi, vasculhei as cestas do passado com as mãos em brasa – espero sair do fundo delas uma serpente em posição de ataque, mas a serpente sempre está morta quando me ataca. Inofensiva, invariavelmente inofensiva.

Penso, medrosa que sou, em como avião é um inferno e uma grandiosa produção humana. É mais pesado que o ar e voa. Tem uma espécie de anatomia na asa que faz o ar passar por cima e por baixo equilibrando o que não se equilibra, parece um dos truques do Shamon.

O Shamon era um mágico de Belém. Eu gostava demais dele. Uma vez, umas crianças maiores começaram a rir num cinismo e contar pra todo mundo qual era o segredo para as garrafas sumirem da mesa depois que o Shamon puxava o pano. Eu levantei e dei um cascudo no menino. Coisa mais enfadonha ficar querendo explicar o mecanismo do inexplicável, isso que só é capaz de respirar em forma de charada.

Eu sei que deixava minha curiosidade toda nas mãos do velho Shamon e me rendia às curvas de seus gestos urgentes, velozes, através dos quais fazia aparecer e sumir a pomba da cartola. Eu confiava no mágico como jamais confiei em nenhum piloto de avião.

Antes dos longos voos de mudança, da vida adulta, das partidas e dos súbitos regressos, contudo, meu mundo se definia pelo limite dos horizontes visíveis, o quarto, a sala, o longo corredor, os elevadores subindo e descendo preenchidos de pessoas tão as mesmas e ainda assim tão desconhecidas.

As identidades no condomínio Monsenhor Azevedo se esfacelavam no ar posto que éramos tantos e tantos, famílias à beça morando em apartamentos pequeninos, centenas de pessoas transitando pelos corredores, uma sensação de inchaço invisível porque, ao mesmo tempo que nos sabíamos vizinhos, os horários geravam vácuos nos encontros, desvios sincrônicos.

O velho homem que morava no 905, arrastando uma das pernas, aquela que carregava um joelho muito ofendido, saía de casa às seis da manhã para trabalhar na feira e tomava o elevador que acabara de descarregar os jovens do 1201, virados da madrugada depois de vagarem pelas ruas de Belém com o carro roubado do pai.

O carro de minha mãe ficava na garagem da área descoberta, pela parte da manhã tínhamos que abrir as portas e esperar o bafo sair um pouco. Aquilo ali era um forno, uma máquina de calor ambulante.

Na vaga ao lado da nossa um elemento curioso me prendia a atenção: um automóvel muito antigo, modelo anos 70, enervado por raízes que lhe escapavam perfurando a lataria. Eu e minha irmã enfiávamos a cara no vidro poeirento do para-brisa e encontrávamos um pequeno formigueiro que se espraiava do carpete do lado do motorista à embreagem. Alguns buracos nas portas faziam a conexão entre o dentro e o fora do artefato de rodas que, do jeito que estava, parecia uma experiência laboratorial. Parecia que meu coração estava lá. Os fios da melancolia perpassavam meus braços, pernas, heras floridas, de textura quente. Sentia-me convocada à pesquisa do carro abandonado. Era a natureza engolindo todas as engrenagens do progresso, as garras retorcidas de plantas nascidas sei lá como, dentro da maquinaria abandonada por algum morador desacreditado e que também muito pouco era visto nos espaços comuns do prédio.

Diferente dele, o homem do 201 parecia me perseguir. Eu tinha medo. Andava escorando-se pelas paredes, bambo de pernas fracas, carregava feridas nos pés e olhos sempre muito vermelhos. Eu tinha dez anos, corria para pegar o elevador e ficava torcendo para a porta fechar antes que ele pudesse segurá-la com a ponta dos dedos amarelados de tanta nicotina. Tão lenta a porta imensa de ferro, parecia demorar séculos para se encerrar e permitir finalmente que eu subisse ao 1104 sem a insuportável companhia.

O homem me fitava de um jeito que me fazia tremer nas vísceras. Ele me capturava de cima, eu transpirava com a camisa do uniforme escolar colada no corpo, os peitos subindo e descendo ainda tímidos do início da puberdade, a mochila recheada do caderno do dia, agenda, estojo, brinquedos escondidos, pesando às costas. A viagem para o segundo andar parecia demorar mais que o normal.

Era um medo muito silencioso, diferente de tudo que eu havia sentido até então. Não se tratava do pavor das forças sobrenaturais que por ventura morassem dentro do meu armário ou debaixo da cama, não era o assombro dos fantasmas ou das bruxas nascidos em histórias de cemitério. Era uma sensação muito mais sutil, caminhava por minha coluna vertebral, cavando-se em si mesma às crateras, marcando para sempre meu corpo. Eu viria a sentir novamente aquele tremor nas pernas, anos mais tarde, tantas vezes em minha vida. Como poderia suspeitar que aquele homem, o vizinho, o par de olhos de rapina, a boca salivando diante de minha meninice tímida, viria a ser depois de tudo tantos outros homens?

Era quase frágil, quase.

Algo me salvava, no entanto, algo muito poderoso e que eu guardava como um segredo. Acreditava ter parte com deus, controlar a chuva, falar com o divino sem obstáculos terrenos. De noite me valia dos contatos prodigiosos, falava com os santos para que me concedessem um milagre, terrível milagre.

Qual foi minha surpresa quando em uma das manhãs de escola ouvi seu Marcos, o porteiro que mais gostava das crianças, comentando sobre a morte do homem do 201.

— Estava de porre e levou um escorregão no banheiro – disse ele – Bateu a cabeça e pronto!

Pronto!

Era desse jeito que o homem acabava.

Os outros funcionários aglomerados na portaria riram. A ambulância estacionada do outro lado da calçada do prédio estava com as duas portas abertas, os paramédicos faziam uma alavanca com braços e pernas para subirem a maca no pequeno degrau. Eu vi um dos pés do vizinho escapando do cobertor branco, aquilo parecia-se um pouco com a liberdade.

Bati ofegante a porta de casa e me estiquei pelo corredor chegando ao quarto com um suor frio coagulando nas mãos. Sentia-me culpada pela morte. Abri minhas costas sobre a cama e fiquei durante alguns minutos olhando para o teto branco, depois disso dormi, entregando-me a divagações menos controláveis, correndo por campos de outros planetas, azuis, com as pernas ágeis, espichadas. Abri rapidamente os olhos e pensei que quando eu morresse queria ficar pra sempre nesse estado éter. Voltei a dormir, mas daí para frente uma vez mais aqueles anjos de sempre me perseguiam, com as asas douradas em arco, balançando-se para frente e para trás, a expressão impávida, barroca, a pele vertiginosamente branca tingida com sutileza por um tom rosado nas maçãs do rosto. Seu silêncio dizia-me das penitências e de minha responsabilidade moral no caso do acidente do homem. Os anjos tinham conhecimento de minhas orações no meio da noite nas quais eu pedia para aquele sujeito do 201 desaparecer dos meus dias.

Não consegui mais dormir, levantei-me e caminhei até a cozinha, peguei a tesoura trinchante de cortar carne, segui ao banheiro, olhei no espelho minha face séria, sobremaneira preocupada, o cenho apertando-se contra pensamentos ruins.

Lá fora o cheiro de guisado já preenchia o apartamento inteiro, minha mãe estava no trabalho, era a senhora que cuidava de nós que cozinhava. O som da televisão ligada no canal 7 também ocupava todos os quartos, o jornal do meio-dia estava para começar ao toque de cinco segundos, com a bênção do locutor. A programação local acontecia antes da nacional, dizia dos assaltos no centro, da macrodrenagem, das promessas que o prefeito não cumprira, todos os temas que nos deixavam informados sobre as agruras de nossa cidade.

Armei meus dedos com a tesoura e tosei os cabelos, impondo-me um sacrifício, por assim dizer, despedaçando aquelas que anteriormente tinham sido longas madeixas de orgulho próprio, derretidas em tranças e penteados inventivos que eu mesma fazia, olhando-me no espelhinho rosa sobre a mesinha de canto do quarto maior.

Era nas histórias bíblicas que eu lia sobre a autoimolação dos povos em pecado, raspar a cabeça tinha a significação de um castigo para exposição da vergonha, assim sofreram homens, mulheres e até crianças que ousaram desacreditar ou desobedecer a palavra do Senhor.

Uma narrativa bastante recorrente em minhas noites da infância, às horas do antessonho, era o mito de Sansão e Dalila no qual Dalila era mulher encantadora e de índole traíra, mandava um servo amputar os longos cabelos de Sansão enquanto o herói dormia. Sansão, ao acordar, percebia-se completamente nu porque a cabeça também nua unia-se ao corpo, nenhum pelo, nenhum vestígio da força que antes lhe garantia o respeito do povo dos nazireus. Depois, para completar a sanha, Dalila ainda o entregaria aos filisteus e Sansão passaria por devastadores castigos e humilhações, no lugar dos olhos emergiriam dois buracos ensanguentados, os filisteus perfurariam suas retinas deixando-o cego para todo o sempre.

O fim da história tem sua apoteose através do amor do espírito de deus que concede a Sansão, pela última vez, a superforça, de modo a torná-lo novamente capaz de estraçalhar um templo inteiro apenas com o impulso dos braços e dos ombros.

As ilustrações do sétimo tomo de *As mais belas histórias da Bíblia* eram povoadas de cores terrosas, muitas musculaturas barrocas e expressões faciais de penitência e terror. Essa visão medievalesca da fé e da crença muito contribuía para o temor das noites em que minha mãe chegava mais tarde dos estudos, eu entrava em desespero, achava que tinha se ido para a morte, podia apontar com certeza em qual rua ou qual avenida o cofre despencava sobre sua cabeça ou em que pedaço do corpo o coração inventou de parar desalinhando-se em fulminante infarto. Tudo era certeza de horror.

Olho para esse período da infância e me pergunto o que foi que me deixou tão porosa aos desesperos, enlouquecida, chorando por todos os lados. Quando minha mãe virava a chave, abrindo a porta da sala, e seus sapatos refletiam sobre o piso em ruídos duros e circulares, eu fazia cocô nas calças, não sem ser tomada por uma vergonha também desmoronada e cristã. Vigiava meus pés enquanto não retornava ao peito a coragem de levantar o pescoço, a cabeça, fitar a vida de frente, observar minha mãe de olho no olho, minha mãe decepcionada por eu ter feito mais uma trama de desespero apenas porque se atrasara algumas horas no relógio de todo dia, como se não tivesse o direito, como se não pudesse viver um pouco para fora de casa, como se possuísse um marido controlando cada passo dado. Ela se irritava, ficava muito brava. Um dia, somente um dia, ficou tranquila, tomou-me no colo e me fez um abraço, eu sem as calças, porque as calças estavam sujas de merda, já haviam sido despejadas e esfregadas no tanque de lavar roupa, já estavam novamente penduradas no varal, esperando o pouco tempo de secar naquele calor, tão incendiário, tão trabalhoso. Nesse dia em que se pôs amorosa eu lhe falei antes de conseguir finalmente dormir:

— Você é tão boa pra mim.

Ela sorriu, disse que eu não precisava lhe dizer aquilo. Descansei de alívio porque estava viva, por haver chegado sã e salva, por ser minha mãe, por não ter nos abandonado para o fim de tudo, o desfecho de nossa realidade no pequeno apartamento, na Conselheiro Furtado, ao lado da Importadora pareada ao Presídio São José, entre Jurunas e Batista Campos, no centro de Belém, à extremo nordeste da Amazônia Oriental, onde tanta coisa é dor, não só pelos rios amargados em sal de garimpo, ou pelos tiros deflagrados às costas dos protetores da vida rural, das florestas, dos quilombos, ou pelas crianças obrigadas a labutar com o trabalho do sexo para servir aos construtores de hidrelétricas que, famintos e sedentos, chegam às cidades ribeirinhas levando moléstias e pobrezas. Tanta coisa é dor porque nosso tempo está ferido. Tanta coisa é dor porque o que era desespero meu terminou, não há mais espera. Ninguém mais precisa ficar fora de si, encher a paciência da irmã, saltitar por entre pensamentos invasivos de morte. O desespero meu terminou. Não há mais o barulho da chave rodando o tambor emperrado da fechadura. Não há mais os ruídos duros e circulares dos sapatos. Não há mais a mãe. Não há mais ameaças e também não há justiça. Não há justiça em canto nenhum. Não há justiça, por exemplo, para as vítimas do massacre de Eldorado dos Carajás, conflito no sul do Pará onde foram assassinados dezenove sem-terra. As notícias passavam na televisão e eu me angustiava. Tiros por todo lado. Será que o medo faz todo ser humano borrar-se? Será que na hora do tiro no peito e nas costas as vítimas do massacre pensaram que aquele seria o último sopro do terror? Na morte o reinado do terror acaba?

Minha mãe atuou como voluntária para cuidar dos sem-terra sobreviventes do massacre, eles se recusaram a ser atendidos nos hospitais do município de Eldorado e viajaram até Belém em busca de tratamento para seus males físicos e psíquicos causados pelo ataque covarde da Polícia Militar.

Minha mãe chegava muito tarde em casa, na época de minha infância, e fazia com que eu vergonhosamente me borrasse de tanto medo, porque não podia só ser boa pra mim, precisava também ser boa para os outros, seus semelhantes, seus irmãos, sua gente.

8

Dois anos depois que parti de Belém, Joana abriu em sociedade com o marido Antonio, vulgo Portuga, o bar Oito, desse jeito batizado por localizar-se no casebre de número oito da Doutor Moraes.

Foi com empolgação que José me levou lá da primeira vez. Domingo, perto das nove da noite. Saímos da casa da Clarisse e atravessamos a Praça da República com alguma rapidez, a escuridão se desenhava no espaço por sombras que mais pareciam imensos vazios no chão. As pessoas que moravam na Praça faziam rodas pequeninas, deitadas em esteiras ou mesmo sobre a grama. Fumavam, bebiam, também falavam alto, algumas vezes aproximavam-se do Bar do Parque, que nunca recuava do funcionamento ininterrupto, historicamente conhecido pela boemia do centro, e pediam alguns trocados para os bebedores de plantão. Essa era a costumeira ordem da Praça da República nas noites de final de semana e por dentro das madrugadas onde nos embrenhávamos desvencilhados da moral cadente aprendida na escola e nos almoços familiares.

Joana abriu com cuidado e ao entreolhar pela fresta primeiro me viu e depois José, animando um sorriso. Os três se entrecruzaram num aperto único, os braços de um sobre os ombros do outro sobre a omoplata do terceiro.

Naquela noite o bar não abrira. Joana nos falou que estava com alguma dificuldade com a vizinhança que reclamava a todo instante do barulho e do perfil da clientela.

No dia seguinte voltamos, dessa vez havia muita gente na calçada, Joana e o marido atarefados no balcão. Entrei lá, mais o José, para fazer a fotografia em que estamos olhando para o alto.

Da vez em que Joana esteve de passagem por São Paulo, ficamos bastante juntas, o Paulo estava em mais uma temporada em Curitiba, portanto, ficava bem sozinha no apartamento, além de andar um pouco doente, com umas dores esquisitas na cabeça. Joana chegava às oito em casa, com frutas e pães na sacola, fazia um belo café da manhã, ficava um pouco do almoço e depois escapava para a rua, ia fazer a programação turística, visitar parques, exposições, monumentos, praças bonitas. Joana comia tudo com os olhos, era uma entusiasta das paisagens, gostava de observar as criações das grandes cidades, era com esses olhos que chegava ao final da tarde novamente em meu prédio – ainda que o porteiro lhe tenha dito algumas vezes para apanhar o elevador de serviço e que tenha tido que agir enfurecidamente, em resposta, mandando-o tomar no cu, porque não era de ficar calada, a Joana.

Gargalhava-se toda, dizia ter um sétimo sentido para o justo e um anjo da guarda careca de tantas preocupações.

Na tarde em que viajaria de volta para Belém, já era final de ano, as ruas surgiam tomadas de luzes natalinas estridentes e arpejolas de melancolia, Joana entrou em casa pela última vez, trouxe a sacola recheada de pães e frutas, me deu um abraço em cima da cama porque eu mal conseguia dobrar o pescoço, endireitou a cortina tapando uma faixa de luz que ainda insistia por entre a escuridão, e partiu. Disse *te cuida.*

E eu *tu também*

Depois dormi pesado por efeito do remédio.

8

Dizem que no dia de ser executada por tramar o assassinato da prima, rainha Elizabeth, Maria Stuart acordou com os cabelos inteiramente brancos. Essa imagem sempre me impressionou. A súbita transformação da cor dos cabelos a partir do que seria a combinação entre o desespero e a natureza, afinal, o envelhecimento é um dado orgânico e o branco nos cabelos só mais um índice da vida que transcorre.

O que me parece é que de uma noite para a outra, diante do assombro da morte, Maria Stuart enganou o tempo, saltou algumas décadas e envelheceu repentinamente, talvez na tentativa de acumular o máximo de sabedoria para tornar-se apta, enfim, a encarar com temperança o próprio fim.

Imaginei Joana com os cabelos de súbito brancos na hora em que acorda e depara-se com o cano da arma do policial apontada em sua direção.

Joana ainda demora a entender o que está ocorrendo, esfrega os olhos com as mãos, o coração dá um salto, de repente a voz do homem com a arma vai ficando mais nítida para os ouvidos recém despertos. Outros sons surgem mais fortes: o latido do cachorro, o motor ligado de um carro, os gritos de Antonio no andar de baixo. Com as mãos algemadas ele berra para que Joana desça e abra a porta da frente. O homem com a arma permite que ela saia, vai atrás dela pelas escadas, um outro homem do lado de fora diz que vai atirar no cachorro.

— Não, por favor, não faça isso.

Joana me contou que as pessoas na rua se aglomeraram diante do bar para entender o que acontecia, alguns amigos do casal começaram a defendê-los, causando a reação dos homens que revelaram-se policiais à paisana, valendo-se desbragados da autoridade, distribuindo ameaças de voz de prisão.

Enquanto Joana abre a porta, Antonio vê um homem encapuzado arrombando uma das janelas do escritório. Ele entra contorcendo-se pelos pedaços de vidro e minutos depois, após subirem todos novamente para a realização da busca de atividade ilícita dentro da casa, o mesmo homem encapuzado abre uma gaveta do escritório, toma um pacote na mão com quarenta e quatro petecas de pasta de cocaína e notas em dinheiro referentes ao valor, mais ou menos, de mil e tantos reais. Não tenho clareza do número certo.

Procuro nas notícias de jornal que saíram na época mas não encontro. Por outro lado, ainda está lá, no registro de todas as mídias de notícia, a fotografia policial de Joana e Antonio, um ao lado do outro, sérios, assustados, olheiras de longo cansaço, ambos acusados de vender drogas no Oito.

Essas imagens ficaram para sempre marcadas nas notícias de jornal, Joana e Antonio, tragados pelas câmeras da burocracia pericial, expressavam uma aparência sem caráter, a construção imagética de dois malandros, grandes vilões na cidade de Belém do Pará.

É assim que as coisas funcionam em Belém do Pará, um esquema de inteligência cirúrgica para a designação de quem é e quem não é confiável, os jornais se alimentam disso. Lembro da letra da canção da Sueli Costa:

O sangue escorre pelas veias de um jornal

Nas folhas seguintes, apertadas sob a notícia de que Joana e Antonio eram dois delinquentes do circuito dos empreendimentos comerciais da cidade, outras tantas fotografias de pessoas acusadas de crimes sórdidos, corpos caídos nas valas da periferia, corpos debaixo das tábuas dos bairros de palafita, braços, costelas, fraturas expostas, uma imensidão na pobreza do olhar, aquela vontade quase sádica dos editores, fotógrafos e cronistas de plantão em lucrar com a miséria alheia.

Procurei na primeira linha o nome do autor da reportagem sobre o Oito, logo reconheci aquele sujeito que há alguns anos tinha se arrebentado de ódio em nossa mesa no Bar do Parque. Era um idiota de redação que gostava de ir bebericar no início da noite, em sua mesa particular, talvez à espera do surgimento de alguma companhia que tivesse paciência para ouvir as mesmas velhas cantilenas sobre como o Brasil, naquele momento, transmutava-se em uma ditadura de esquerda, ridícula.

— Daqui à pouco – dizia ele – vão nos obrigar a sair por aí vestidos de vermelho, e quem não fizer vai levar um trá-trá-trá em el paredón.

Eu sei como era o jeito dele falar, eu sei, não nego: sentei eu mesma uma vez em sua mesa solitária no Bar do Parque, quando já estava na sétima ou oitava garrafa de cerveja com os amigos. Fui por mim mesma, de mando próprio, porque um punhado de vezes tentou mexer com uma amiga que estava sobre a cadeira precisamente localizada ao alcance da ponta de seus dedos. O chato, era isso que esse homem era, impunha-se nos cabelos de minha amiga, pinçando-os no tato, a unhas horrorosas, pretas com uma graxa que depois ele me contaria ser de um produto de câmera fotográfica. Sim, não nego, ele me contou de sua vida e eu me pus à disposição talvez para afastar minha amiga daquela situação, ou por minha típica curiosidade, bastante mórbida, juro, por certos sujeitos notívagos que gostam de falar sobre si. Claro, existe o fator da escrita que me move, como já disse, mas existe um outro lugar, não sei bem qual seria, que me faz estar por perto desses errantes da madrugada e suas línguas tortas pelo álcool inchadas dentro da boca, a boca torta pelo álcool empapando a cara de saliva e cusparadas.

Passei a lhe perguntar sobre trabalho como repórter e com o fotojornalismo, assim descobri que estava no jornal onde o pai do José trabalhava, o mesmo onde escrevi durante dez anos crônicas de *buenos días* para amenizar as notas tortas de massacres na periferia e as farras da realeza paraense em suas festas de debutante e de inauguração de lojas na rua Braz de Aguiar. O pai do José, alguns dias depois, quando contei sobre o encontro com tal cidadão no Bar do Parque, aconselhou-me a manter distância, porque tratava-se de um chato, uma criatura completamente amargurada por aquela essencialidade de fracasso que costuma caracterizar os homens entre os cinquenta e sessenta anos. Não desenvolvi muito como se desenredara a situação no Bar do Parque, fiquei um tanto envergonhada, talvez, por ter consciência de que aquele limite que eu não deveria ultrapassar já estivesse há muito distendido, rompera-se na conversa torpe em que tentei, ainda que um bocado ébria, desvendar aquele homem, prostrado a dois palmos de meu nariz empinado, às voltas em mágoas, apodrecido.

Cantarolava alto *eu sem você, não tenho porque, porque sem você, não sei nem chorar*, desafinando nas notas desgarradas e por entre gargarejos involuntários da cerveja aguando-lhe as pregas vocais. Suas sobrancelhas grossas pareciam um par de taturanas que tão logo, mais uns poucos anos corressem, virariam dois grossos cabelumes inteiramente grisalhos. Eu sentia, na verdade, uma forma de nojo desse senhor, sua aparência física nem era das mais emaranhadas, mas as coisas que dizia, sim, as coisas que dizia me provocavam um embrulho nos ocos de dentro, um pesar flácido na boca do estômago.

Pedi licença para sentar-me em sua mesa. Ele concedeu fazendo um gesto estranho com as mãos, tentando agir feito um nobre ou alguma miséria semelhante. Respirei e pedi para que parasse de mexer com minha amiga – estávamos, o grupo, começando a ficar irritados com aquilo. Gargalhou, porque obviamente não saberia desenhar outra resposta um pouco menos emocional ao pedido. Então ofereceu encher meu copo com sua cerveja que, por certo, era de uma marca um pouco melhor do que aquela que consumíamos em nossa mesa, de modo que me senti obrigada a aceitar.

Era tarde, duas ou três da madrugada. O homem me perguntou quem eu achava que era o maior pintor da revolução. Eu respondi que podíamos ambos supor que Diego Rivera não seria meu eleito, ainda que eu adorasse seus murais, porque havia tratado Kahlo feito um lixo ao longo de toda sua grande epopeia romântica.

Ele riu novamente zombando de mim. Pedi licença para ir ao banheiro, aquela cilada que ficava por baixo do Bar do Parque. Tive preguiça de chamar uma amiga para me acompanhar e encarei sozinha e desprendida o desafio.

Voltei, bexiga aliviada, pronta para reiniciar a arenga com meu oponente, que, insistindo em me encher de questões sobre história política e cultural, para testar-me no que ele provavelmente acreditava ser um raso conhecimento de juventude, realizou mais um round da sabatina. Eu me esquivava, dava-lhe respostas espertas, subtraía toda e qualquer manifestação de insegurança ou incerteza, provocava-lhe com observações ácidas sobre a míngua política que lhe restara sendo um trabalhador de jornal, porque quem trabalha com isso sabe: tudo importa numa redação, do furo de notícia ao mata-borrão: tudo, menos o jornalista. Eu ri. Ele ficou puto. Logo vi no par de taturanas inflamadas. Deu mais um gole na cerveja, aproveitei o ensejo para fazer o mesmo. Minha cabeça rodopiou um tanto, depois eu perceberia que aquele devia ser um dos efeitos colaterais relativos à grande idiotice minha de ousar ter conversa com o sujeito.

Meus amigos inclusive disseram, quando eu já me encontrava de regresso à nossa mesa:

— Estás pálida que nem um saco plástico.

Demorei um pouco para voltar à compreensão das coisas, porque, oras, Nicanor realmente não estava para brincadeira e se fazia homem terrível a cada junção silábica que soprava por entre as fissuras dos lábios. Disse-me, antes que eu quase desmaiasse diante dele, que gostaria que todos nós sumíssemos dali, que explodíssemos e morrêssemos, porque nada de fato relevante poderíamos produzir a fim de contribuir com o futuro da nação.

Nação, sim, deveríamos ser um pouco mais ufanistas, fazia muito tempo que a juventude havia se afastado dos valores corretos de fortalecimento social e político. Sentia saudades, o Nicanor, de quando as mulheres não ficavam nos bares entregando-se às bebedeiras coletivas qual fossem um bando de machos de saias. Porque agora eram dessas, nós éramos, umazinhas que andavam com pelos fedidos pendurados nos sovacos, na vã glória de caminhar a pernas igualmente peludas, grossas, e com celulites aparentes. Saudades, Nicanor tinha, por exemplo, das mulheres caboclas a enfeitar a capa da revista *Amazônia em Foco*, onde trabalhou durante um bom período da vida profissional, fotografando bundas lisas e peitinhos empinados com todo gosto e preciosismo. E diria mais ainda, o pobre Nicanor, diria que não se via mais casado com ninguém, porque nenhuma mulher prestava. E os moleques também não prestavam. Ainda bem que nem teve filhos, a primeira mulher sofreu um aborto que ele jurou ter sido espontâneo (mas nessa hora ficou com os olhos cheios de água e repetiu algumas vezes, com a cabeça meio baixa, focando o centro molhado da mesa, que a Dália jamais o teria perdoado pela situação que fora criada. Pelo que pude entender, os dois eram um casal e tiveram uma briga grande, capaz de deixar Dália tão irritada a ponto de expulsar do ventre o feto, no chão de casa mesmo).

O Leandro gritou do outro lado da mesa:

— Eu sou viado mesmo!

Nicanor ficou horrorizado mas não perdeu aquele cinismo riscado na boca. Eu bebi mais um gole, bambeei novamente. Nicanor foi perdendo a nitidez para mim, parecia se desfazer em pontilhados irrequietos. Ele se levantou, pegou no próprio pênis e fez movimentos com a mão, convidando o Leandro para chupá-lo: — Vem, viadinho, me mostra que tu é fêmea. Os meninos em torno do Leandro apaziguaram a situação. Minha visão caiu em um breu esquisito. Depois voltou. Pude ouvir ainda o que Nicanor bradava nos ventos do Bar do Parque: — Eu quero que vocês todos se fodam, eu queria que tivesse um vírus, uma bactéria podre que fizesse todos vocês agonizarem de doença, pra pelo menos vocês aprenderem a parar de fazer bagunça no quintal dos outros, vocês acham que são os donos da rua? Vocês não são os donos da rua, vocês ainda vão pagar pela bagunça toda que fazem! Eu vou cancelar o Círio! Eu vou cancelar o Círio de Nazaré! Não vai ter Nossa Senhora pra proteger vocês! Não vai ter mamãezinha pra proteger vocês, seus delinquentes!

Idiota.

Misturei uma maçaroca na cabeça, sons, vento, madrugada, embriaguez, apaguei. Voltei a mim ainda no bar.

— Estás pálida que nem um saco plástico.

Deram-me água, depois um copo com limão espremido. Voltei aos poucos, tateando a realidade com cuidado para não me perder de novo. Nicanor já havia ido embora. Joana estalou os dedos para me manter acordada e matou a pau a emboscada: *esse filhadaputa botou Rupinol na tua bebida.*

8

Joana, cuidadosa que era, da noite para o dia, tornara-se parte de um nefasto esquema de narcotráfico no centro de Belém. Nicanor assinava embaixo com grossa tinta a matéria. Tive vontade de falar com o pai do José, pedir o telefone do Nicanor, seu endereço, ou qualquer informação mínima, eu queria me vingar, queria ter a oportunidade de lhe dizer certas grosserias ao telefone, queria enviar para a guarita de seu prédio com varanda uma carta-bomba. Nunca fui muito generosa junto a maldade dos outros. Escutei dos pastores da igreja, a vida inteira, que deveríamos ser solidários com as fissuras da humanidade alheia, ensinavam-nos que ao levar um tapa deveríamos dar o outro lado do rosto. Lembro-me de ouvir minha mãe, depois que largou a igreja, rindo-se da piada que Mestre Sá contava na mesa do grande almoço do Círio sobre um homem, habitante de Novo Progresso, que oferecia o outro lado do rosto para o tapa, e depois o outro lado, e depois o outro lado, o primeiro, e depois o outro lado, assim sucessivamente, porque assim tinha aprendido com a Bíblia. Ficava uma onda de gargalhadas no ar, todos inundado-se de chacotear o homem, o tal que nem existia, ainda que não existisse, porque o que estava em jogo era criar um anteparo humano para levar o tiroteio de críticas à hipocrisia religiosa.

O Círio de Nazaré, que o bastardo do Nicanor queria interditar, era palco para a grande realização da vida das crianças: vestir-se de anjo em homenagem à Nossa Senhora.

O trato era o seguinte: conseguir uma boa costureira ou ter mãe que costurasse, mãe podia ser também avó que era uma espécie de mãe de criação. Eu não tinha nem mãe que costurasse, nem avó, também não tinha na cabeça o nome ou o contato de alguma costureira. Era uma criança, tinha o direito de não saber. Pois bem, ajeitei eu mesma os retalhos que costumávamos guardar em uma caixa sobre o armário da cozinha, peguei o estojo com linhas das mais variadas cores e agulhas e tratei de improvisar a fantasia para impressionar minha mãe que se sentiria obrigada a me deixar ir vestida de anjo na procissão.

Ao chegar do trabalho e me encontrar sob os panos sagrados dos querubins, minha mãe não conseguiu segurar o riso, acabou-se no sofá e eu, sem conseguir compreender o motivo das risadas, fiquei calada, com meu shortinho, o colã, as asas e a auréola improvisadas.

— Minha filha, os anjinhos precisam estar vestidos de branco.

— É que não tinha malha branca e eu sabia que se pegasse os algodões do banheiro para fazer as asas a senhora ia me bater.

Minha mãe desfez a alegria, cansou o cenho em decepção consigo mesma e me prometeu fazer uma fantasia de anjo, de verdade, bem branquinha, porque com aquela dali não dava pé: as asas feitas com folhas secas, uma colada da outra, a auréola representada por um arame retorcido usado para fazer a limpeza da máquina de lavar, o short acinzentado com pedrinhas de strass e o colã preto com alguns rasgos na barriga porque da outra vez eu havia tentado usá-lo para fazer a fantasia de Natasha, a vampira.

Mais tarde, minha irmã diria que eu estava igualzinha a um urubu e que poderia usar a roupa em alguma peça de teatro, ou no carnaval. Imaginei que se a Santa me olhasse de cima, vestida daquele jeito na romaria, me veria como intrusa, um pássaro nascido no inferno.

Chegou a manhã de domingo, durante a noite eu já não havia dormido direito de tanta excitação. Não havia aparecido nenhuma roupa de anjo, mas nem por isso deixei de desejá-la, insistindo em me convencer de que, não, minha mãe não podia ter esquecido da promessa, deveria estar preparando a grande surpresa, a roupinha de anjo dobrada em mil cuidados por dentro de uma caixa dessas de presentes ingleses, com um lindo laçarote rosa arrematando o arranjo. Acordei em mil animações, fui ao café da manhã e minha mãe assistia já à procissão pela televisão local, apinhada de gente, provavelmente mais de um milhão de pessoas já haviam tomado as ruas celebrando Nazaré, nossa rainha da Amazônia. De repente minha mãe disse:

— Nós não vamos, tem muita gente, é perigoso.

Fiquei muito frustrada, daí entendi que a decisão já havia sido feita dias antes, por isso nenhuma roupa de anjo aparecera e jamais apareceria. Gritei de raiva e voltei ao meu quarto, primeiro me atirei sobre a cama e chorei um choro duro, soluçando a cada respiração, depois me levantei com rapidez, abri a caixa onde havia metido a fantasia, enfiei-me por seus pedaços, golas, penachos, mangas, bicos, alças do par de asas desfolhantes, e voltei à sala num grasno determinado e pavoneante:

— Eu vou.

Bebíamos cerveja quando relatei ao Paulo essa história. Ele e os outros colegas de mesa riram. Paulo, de pronto, me inquiriu:

— Você disse " Eu vou" ou "Eu voo"?

— Como assim?

— "Vou" de "ir", ou "voo" de "voar"?

— Que importa?

— Importa completamente, se você estava vestida de urubu.

— Era de anjo – dei uma pausa para uma golada e um trago no cigarro – Era de anjo que eu estava vestida. De anjo. Anjo do Círio.

8

Nunca vou conseguir perdoar o dia em que, por medo de não ter nosso projeto aceito pelo Instituto Cultural Luzes da Cidade, o Paulo reescreveu todo a dramaturgia que, a priori, seria de minha autoria unicamente. O projeto consistia em tentarmos transitar entre a linguagem literária e a linguagem teatral, de modo a encenar, ao fim dos meses de realização da pesquisa, uma peça de bolso na qual estariam atuando alguns amigos nossos, atores e atrizes, que já havíamos convidado de antemão. Paulo era amigo do Douglas Arantes, que topou na hora participar da peça, isso fortaleceu bastante o projeto porque na época o Douglas havia saído em umas tantas capas de revista sobre telenovelas, com aquele olhar arrebatador, pétreo e de bicho que está pronto a dar o bote. Tinha acabado de acabar o folhetim em que Douglas interpretava uma figura ambígua, meio galã, meio vilanesca, que envolvia a protagonista num jogo pérfido de companheirismo sedutor e traições. Douglas estava, sim, na crista da onda e o Paulo que nunca foi idiota, aproveitou-se imediatamente de uns três ou quatro favores, abstratos, morais, que havia feito ao Douglas e cobrou-o descarada e discretamente, bem a seu modo, em um telefonema de madrugada, porque não se detinha no limite comercial das horas, dizia ser íntimo de Douglas a ponto de ter certeza de que o atenderia e, evidentemente, diria ok ao convite. E assim foi feito.

De mim, Paulo queria a delicadeza da experiência que eu tinha do teatro em minha infância, nas praças, na beira do rio, com os bufões saltitando pra lá e pra cá, em regências de prosódia amazônica, a interpretação bem afinada pelo diapasão da rua, o som dos carros, dos cascos de cavalo na tração doída das carroças, o som dos pés humanos descalços na tração doída de outras carroças, os aros das bicicletas, girando para o rumo de si mesmos, o grito do bêbado, a dança das panteras. Aquilo era tudo de alegria, sempre. Eu contava ao Paulo as histórias e ele ficava enternecido, dizia que aquelas aventuras só eram possíveis ali, no coração do norte, um coração inflamável, talvez um pouco doente, mas um coração.

Paulo se empolgou mais ainda depois que se juntaram a nós um coletivo de cenógrafos que já haviam sido laureados com grandes indicações e vitórias na última temporada de premiações em São Paulo. Também vieram junto uma produtora e mais dois atores que, de última hora, foram chamados para compor o elenco.

Tudo estava encaminhado, nada fugia ao conhecimento e controle de Paulo, ele podia tocar com a ponta dos dedos em todas as pequenas peças que éramos em seu tabuleiro de grandes ideias e sugestões, sentia-se um intelectual de alta estirpe, creio eu, descrevia-se desse modo depois de algumas doses de qualquer bebida alcoólica e quando usava cocaína ficava ainda mais extravagante, mergulhado na própria saliva espremia-se todo por entre elogios ditos em voz alta, no meio da sala, para todas as pessoas que por ventura estivessem no espaço. Comentava dos títulos e menções nos prêmios literários, falava das antologias e da genialidade de um específico poema que, segundo Paulo por ele mesmo, era a síntese de um tempo e não apenas das armas líricas de um só homem. Naquele poema ele, o autor, unido à palavra, era muitos, toda uma geração, toda uma gramática de comportamentos e afazeres que poderiam traçar uma linha histórica de humanidade profunda. Assim haviam escrito na resenha publicada em uma revista literária, assim Paulo repetia, à exaustão, e colava novamente os lábios ao copo de uísque, e passava novamente para o banheiro junto com mais dois amigos escritores para calibrar novamente os festejos de pó branco.

Foi numa festa assim que culminou o último encontro da equipe um dia antes da apresentação para os bambambãs do Instituto que nos dariam o aval. Paulo pegou na cozinha uma garrafa de uísque e disse que precisávamos comemorar para criar nossos rituais de sorte, isso nos fortaleceria para o momento de exposição do projeto.

As pessoas ficaram muito empolgadas com meu argumento da peça, tratava-se de uma viagem memorial, digamos assim, de uma menina para as salas de ensaio e palcos de sua infância, guiada sobretudo por uma paixão secreta por sua professora de teatro. Haviam algumas cenas escritas, algumas tentativas de elaboração da linha guia sentimental. Criei uma jovem mocinha, sentada na plateia, sentindo-se muito só, não por estar triste ou qualquer coisa que torne indigna a solidão, mas porque, desse modo, sem ser vista, tinha a impressão de que não era preciso mais esconder o amor e, portanto, as expressões risonhas, encabuladas e serenamente eróticas que tomavam seu rosto toda vez que a professora entrava em cena, uma voltinha rápida demarcada pelo eco seco dos sapatos de salto alto vermelhos, na peça das três senhoras em que interpretava uma governanta ou algo do gênero.

Esse momento, o momento em que a menina se ilumina de professora, atriz em cena, é o começo de um dos movimentos cênicos. Pensei que a ação poderia toda se dar a partir de um jogo de luz, ora sombreando, ora apagando, ora revelando com intensidade a força das microexpressões da atriz que interpretaria a menina, gestos fronteiriços, situando-se entre a quase paralisia e a ação, um coçar fortuito na ponta do nariz feito com um dedo só, a movimentação calma e dispendiosamente lenta sobre o estofo da poltrona, num arranjo de coluna e ao mesmo tempo para sinalizar desconforto por estar um pouco úmida, excitada, percebendo suas beiras e reentrâncias arrepiadas, a pele jovem, muito elástica, por completo trêmula. Outras possibilidades eu havia proposto: suspiros, tosses abafadas, o piscar vagaroso do par de olhos da menina quando a professora despede-se do centro do palco e volta para os bastidores.

Conforme narrava aquela trajetória, as pessoas da equipe foram abrindo sorrisos, algumas demonstraram certa emoção chorosa, os olhos torcidos amiúde para evitar uma ou outra lágrima. Paulo me interrompeu e disse: *mas ela ainda nem chegou na melhor parte.*

Para Paulo, o ponto alto do argumento era justamente um texto em que eu dizia o que era o teatro para mim, ou melhor, para essa menina apaixonada pela professora. Leio:

— A professora entrava em cena duas vezes, fazia uma governanta ou algo assim. Dava uma voltinha, falava meia dúzia de textos e depois sumia. No final aparecia novamente para dançar uma valsa com as outras personagens, umas senhoras que conduziam a história. Na peça também estava a enorme Alda. Era a protagonista. A Alda era muito gorda, na época devia pesar quase uns 150 quilos, usava na peça uma enorme camisola e ceroulas, ficava descalça, sentada o tempo todo sobre uma cadeira de rodas onde estavam amarrados três balões azuis. Na trama, Valda era uma das três velhas, a irmã caçula, que padecia d'algum mal mental porque agia feito criança, falava feito criança, e de vez em quando sujava a ceroulas, cagando-se toda, o que gerava efeitos de riso na plateia, porque as duas outras velhas precisavam se alternar para limpá-la. Nesses momentos, as velhas se valem dos balões azuis como distração da caçula, isso parece fazer com que a tarefa de limpar suas partes fique um pouco mais fácil.

Acontece que em poucas horas vai chegar um homem à casa das três velhas, um homem do passado, Bebetinho, aquele que viveu um romance com cada uma delas, ele vem lhes fazer uma visita, agora já velho, para tecer recordações.

As duas irmãs mais velhas começam uma disputa na qual a mais nova não pode entrar, porque além de gorda é parva, não conta.

É desse estado de acontecimentos e pormenores que surge a reviravolta, de repente o espetáculo adquire uma aura fantasmática, a caçula percebe-se sozinha em cena, as irmãs sumiram, Bebetinho também, e a governanta. O ponto de vista narrativo muda, a caçula parece agora tomada por certa racionalidade épica, faz um longo monólogo de saudades, diz que todos que habitavam aquela casa já tinham morrido e que enfim chegara sua hora, a hora de partir, a hora do reencontro. É um momento de atitude confessa e emocional. De repente, a gorda Valda enrola nos dedos o fio que segura os balões azuis à cadeira de rodas, apoia-se enfim nas duas pernas roliças, cheias, levanta-se da cadeira e aos poucos cede ao leve empuxo dos balões, suas mãos são carregadas para cima, depois os cotovelos, os braços, ela ergue o rosto em direção ao alto e, em seguida, o peito também se levanta, com toda pompa, qual fosse o peito de uma ave diáfana prestes ao voo. É o momento. Valda começa a levitar, seus pés suspendem o peso das pernas, os dedos dos pés equilibram o corpo todo. A luz vai caindo em resistência, em poucos segundos tudo é breu. O espetáculo acabou. A caçula subiu à morte para encontrar sua gente. Isso para a menina na plateia é o teatro: três frágeis balões azuis capazes de fazer o corpo de uma mulher de 150 quilos ascender aos céus.

Sem desconfiar um milímetro de que aquela era a minha história e de que Valda era a marida da mulher por quem fui tão apaixonada, as pessoas aplaudiram, encheram-se de boas palavras a respeito de minha pena criativa, elogiando-me ao longo de todas as quinas da longa mesa onde estavam distribuídos os papéis com o roteiro de nossa apresentação, marcada para a manhã seguinte, diga-se de passagem.

Paulo, de braços cruzados, observava tudo orgulhoso com um fiapo de riso na boca que parecia quase me maldizer e violentar tamanha sua admiração. Estava seguro porque o projeto era bom e ele conhecia uma das pessoas que estaria na reunião para aprová-lo, era um colega de editora que costumava fazer loas públicas ao seu trabalho como escritor.

Algumas horas se passaram e todos da equipe já estavam bastante bêbados, fiquei preocupada com a alta madrugada, fui deitar, ouvi Paulo saindo pela sala com o Douglas, naquele velho ritual que eu já conhecia, foram comprar pó para ficar um pouco mais ligados durante a audição dos antigos vinis na vitrola recém comprada.

Encontravam a droga em um botecão que ficava em uma das travessas da rua Augusta, distante algumas quadras de nosso endereço. Conseguiam ir e voltar a pé, conversando. Paulo, ao contrário de mim, parecia ter o manejo de todas os traumas e vestígios de uma boa bebedeira em seu corpo na manhã seguinte, ficava apenas um pouco mais sonolento, mas os olhos ressacados não passavam a ideia de irresponsabilidade e sim confluíam-se azuis num modo todo próprio e atmosférico de sedução. Paulo fazia sucesso entre mulheres e homens mas demonstrava obtusa intolerância quando lhe era insinuada a libertação sexual. Começava a rir nervoso, tinha seus limites, dizia não se importar que as bichas tocassem uma punheta em sua homenagem, mas apenas isso.

É flagrante que essa pessoa não condiz em nada com o Paulo dos primeiros anos que conheci, quando nos apaixonamos, ansiosos pela companhia um do outro, as discussões infinitas sobre temas que nos diziam respeito filosoficamente, profissionalmente. Ele parecia me respeitar, gostava no início de ouvir minhas suposições sobre a teoria das coisas, os porquês que conduziam à explicação do inexplicável, as aventuras da imaginação, bobagens faladas em um campo de possibilidades. Ríamos muito, é certo, tudo era gracejo, tudo era motivo de invencionices bem humoradas, sempre me atraiu gente assim, que gostasse das coisas em espírito gaiato, como se eu mesma já tivesse nascido uma dessas velhas de alpendres, às beiras das casas da Pedreira, embebidas num conversê sobre a vida alheia, esperando alguém tropeçar no desnível da calçada, ou a linha da pipa do menino romper, ou uma banda da sandália ser puxada pela sucção da vala depois de uma noite de chuva, o riso estava engatilhado, sempre a postos para brotar por entre as colunas de respiração.

Isso em mim Paulo amou só no início.

Depois de um tempo irritou-se, enterrou a admiração, enterrou aquela primeira ideia de garota estudiosa e inteligente que teve ao me conhecer na biblioteca do prédio onde ambos fazíamos graduação.

Disse ter me visto sentada em uma das mesas individuais, numa baia, rodeada por uns tantos livros, usando o casaco verde que para mim era a roupa de todo dia, sobretudo quando o frio de São Paulo me deixava com ossos a doídas tremedeiras. Os óculos grossos, ele contava, pareciam uma parte importante do meu rosto, porque serviam de portas vítreas para olhos e olheiras cansados da leitura, apertando-se para compreender o melhor das palavras. Era como se cada parágrafo lido fosse o primeiro de toda a minha vida, dizia.

Paulo e suas imagens belas que mais adiante, depois do cansaço da paixão, seriam o desvelar de suas reais impressões. Porque às vezes me achava burra e assim me chamava nos momentos de irracionalidade e descontrole. Porque às vezes, no trato da realidade do que pensava a meu respeito, achava que ao ler aqueles parágrafos, como se cada um fosse o primeiro, eu mostrasse na verdade que não sabia ler direito, fosse talvez semianalfabeta ou possuísse apenas uma microporcentagem da faculdade de enxergar.

No auge da raiva, Paulo afirmaria que eu era uma indiazinha ingênua caçando palavras diante do nariz, feito as moças parecidas comigo que conhecera, as moças do interior levadas à capital para trabalharem como domésticas na casa de sua mãe. Para Paulo eu não sabia usar o mundo a minha volta e por isso era sedutora, porque em todos os meus atos de interpretação dos acontecimentos parecia haver uma espécie de rito inaugural quase infantil.

Eu costumava crer, e assim dizia às pessoas próximas que muitas vezes me perguntavam o que eu tinha visto naquele principezinho do sudeste, que esse comportamento – essa maneira de olhar para os meus comportamentos – era a envergadura caótica e poética de um grande escritor, e eu tinha a honra de ser seu par, o casal perfeito, os dois lados de uma atitude sadia e mágica de indagação do mundo.

Lembrava-me de minha infância junto às primeiras palavras dos livros infantis, a tentativa de alinhavar uma sílaba na outra para caminhar pelas camadas de entendimento das ilustrações coloridas a povoar entre azuis, bocados amarelos e vermelhos, as páginas. Lançava-me horas sobre a cama e me perdia nas histórias. Também muito rapidamente mudava de ideia, ia endereçar meu interesse para o sobe e desce que fazia com os pés duros e pretos de sujeira pelas paredes descascadas de nossa casa, eu parecia uma aranha, subindo e descendo, assustava quem passasse por baixo de mim, minha irmã dava gritos de espanto, soltava a mão num tapa grosso que me pegava apenas um pedacinho do pé, e eu me alongava para me aproximar do teto, equilibrando-me mais e mais por entre as duas paredes cuja distância uma da outra era perfeita para que eu conseguisse me embrenhar e usar o aperto como impulso para a subida. Pisadas ao avesso, o corpo todo engrenagem para atingir o teto, ver o corredor de cima, sobrevoando cabeças, tocar na pequena lâmpada incandescente.

Aquela lâmpada incandescente.

Tinha morrido uma coisa preta dentro dela, parecia um bichinho. Não dava pra saber o que era. Sempre que eu chegava para ver de perto, lá no último degrau inexistente da parede descascada, minhas pernas bambeavam, as mãos começavam a suar e deslizavam para baixo, eu tinha de me jogar porque senão torceria os punhos. Minha mãe ouvia o baque do meu corpo chegar ao chão, esculhambava do quarto. Eu aproveitava nas horas em que não estava em casa e sim no trabalho, bem longe de nós. Voltava desimpedida e alegre à pesquisa da lâmpada. Eu queria saber o que era aquele pontinho escuro, queria entender: se era bicho como podia ter entrado ali? Como sobrevivia ao calor da luz? Como morreu? Esturricado feito um vampiro sob o sol?

Subi até chegar ali pertinho, observei a textura de vidro e seu formato arredondado e cada vez mais próximo da ponta dos meus dedos, não resisti, toquei na lâmpada, eu deslizava por sua superfície com a mão em concha, a luz acesa e vibrante, o pontinho preto olhando pra mim, eu olhando pra ele. Não resisti: comecei a desrosquear a lâmpada para levá-la comigo, a fim de poder estudá-la em terra firme, com os óculos de grau bem afinados e a proximidade de um estetoscópio. Uma explosão, meu corpo tremeu, eu perdi o controle e desabei no chão, a lâmpada veio junto em minha mão, bateu em uma das paredes na queda e teve arrebentada sua abóboda, chegando ao chão destampada, com o circuito exposto ao ar. Eu torci meu pé e fiquei chorando alguns minutos, minha mãe veio correndo atrás de mim, acudiu-me do estatelamento sem poder entender o que havia acontecido. Entre soluços contei a verdade, contei que queria ver o que era o pontinho preto na luz que sempre aparecia, mais ainda quando piscava rapidamente, fazendo-o multiplicar-se ao redor da luminosidade em uma flutuação incerta pelo ar durante três ou quatro segundos, depois se dissipava e a vista retornava ao estado comum. Minha mãe riu, ainda meio brava, no entanto. Eu ri também, ainda meio acidentada e triste. Levantamos as duas do chão e fomos providenciar a vassoura, o pano e o balde para limpar a bagunça. Minha mãe arrancou a lâmpada de minha mão, disse que quebrada daquele jeito não servia para nada e ainda podia ser perigosa: cortes profundos e doloridos.

Eu sabia que sim, podia sentir os pedacinhos de vidro enfiados na palma de minha mão, a pele ainda bem lisinha e delicada dos poucos anos de vida, mais parecia um lençolzinho cor creme, finíssimo, onde tocava rasgava, um lençol de papel, no centro dele a região onde Cristo havia sido perfurado por estacas para que seu corpo fosse colado à cruz, pendurado para a consagração da justiça encardida dos homens. Cristo crucificado, ali, em meio aos ladrões, ainda conseguiu dizer palavras de sabedoria repetidas ao esgotamento pelo pastor da igreja. Como podia ser possível, em meio a tanta dor, com as mãos rasgadas por pedaços pontudos de madeira, cheios de ferpas, que Jesus Cristo fosse capaz de proferir teses redentoras de humanidade e conhecimento?

Joana nos contou uma vez sobre quando estava no barquinho, nos tempos em que morou em Alenquer, passeando e brincando meninota, com uma flor na cabeça, enganchada por entre bonecas de cabelos embaraçados, cabelos que haviam sido enfiados algumas vezes nas águas da pia e da privada. Joana era bem pequenina quando ganhou as bonecas e não podia saber que a mãe ficaria irada ao ver os presentes seminovos, comprados no cartão de crédito, mergulhados no vaso sanitário.

Joana nos explicaria seu raciocínio infantil: queria lavar os cabelos das bonecas para o passeio no rio, queria que estivessem asseadas e perfumadas para o encontro com o boto. Pegou as bonecas todas, agora com os cabelos secos e de um lisume armado qual teia de aranha, enfiou-se por entre as tábuas do barco que serviam de assento e ficou embalando-se para cá e para lá, para cima e para baixo.

Nas brincâncias, rodopiava rio adentro, passava pelos furos, encavernava-se nas brenhas dos igapós, contudo mantinha-se protegida da grande travessia porque o barquinho, na realidade, estava preso na margem, amarrado em uma estaca de ferro por um pedaço de corda velha, já esverdeada e puída. Aconteceu que por dedo de encantado ou qualquer visagem parecida, a corda arrebentou e a Joana, brincando meninota, foi parar no meio do rio e cada vez mais adiante, levada por aquela correnteza mansa mansa, porém perigosa, que o caboclo atravessador gosta de acarinhar de leve com a ponta dos dedos quando o motor começa a dar velocidade necessária para que a voadeira quebre a água ao meio feito o corte d'um vidro.

Um moço do outro lado viu a menininha perdida, chorando, e já chamou os homens para salvá-la, mais pra frente tinha pedra, tinha limo, tinha uma pequena e quase indecifrável queda d'água onde as pessoas em noitadas de sem juízo acabavam por se afogar. Logo vieram outros barcos, um motorizado, para o resgate de Joana. Emparelharam, os homens pularam de uma embarcação para a outra, puxaram Joana – por baixo dos pés de Joana um desequilíbrio de tremor, pisar em água é sem chão.

Quando todos se sentiam já vitoriosos pela operação bem sucedida, Joana apontou chorosa para o barco e exigiu que as bonecas de cabelo de teia de aranha também fossem salvas, afinal era por elas que estavam todos ali, era por elas que Joana havia entrado no recanto do aguardo de um boto aparecido.

Voltaram os homens para o salvamento das bonecas. Num olho desatento perderam Joana para dentro do barco perigoso novamente, lá estava a menina envolvida em seu procedimento particular de resgate. Pegaram-na pelos braços e depois num colo bruto, seu pé ficou enrolado em uma das cordas, na hora de pular de uma superfície para a outra, um segundo barco emparelhou e esmagou o dedo mindinho de Joana, arrancando-lhe do todo do pé, feito colhesse uma jabuticaba. Foi susto e foi choro forte, Joana sem o dedo mindinho e com os pés e as pernas encharcados de sangue, sangue por todo lado, por dentro e por fora do barco, na maquiagem das bonecas, em pedaços esparsos do balanço da maré.

Nesse momento, quando espera-se o grande texto redentor, as falas de sapiência de um Jesus atado à cruz, submetido à carne de sua humana figura, assumidamente envolto em dor e emoções frustrantes e frustradas, nessa hora de sofrimento obsceno e purificante, quando a chaga emenda-se à alma e pode-se observar por entre a fina pele rasgada, inclusive, camadas de gordura, nervos, sangue, veias e feixes vermelhos de corpo, Joana – ao contrário de Cristo – vociferou bravia e inglória:

— Agora eu perdi o dedo do pé, agora eu nunca mais vou poder ser bailarina!

Minha mãe pegou uma pinça e arrancou os caquinhos de vidro de minha mão, um a um. Depois de limpar tudo, instalou nova lâmpada no bocal de onde eu arrancara a primeira. Ainda de pé sobre a escada de quatro degraus que guardávamos na cozinha, proibiu-me de escalar novamente as paredes e disse mais, no próximo mês faríamos uma reforma em casa de pintar tudo, tudo mesmo, em tons claros para aumentar o tamanho dos corredores, da sala e da cozinha, e ai de mim se ela encontrasse uma mancha de pegada sujando a tinta, e ai de mim se não começasse a lavar direito os pés, arrancando-lhes a casca grossa e preta que grudava nas pequenas fissuras das solas porque eu não gostava de usar chinelos e ficava, assim, solas à mostra pelo chão da casa, absorvendo o pretume da poeira, da sujeira e do cansado piso frio.

Perguntei muito ao José o que ele conseguia ver com o olho da retina queimada. Se tratava-se de uma mancha amorfa ou de algo que poderia ser interpretado como um molde figurativo, uma mosquinha, um homenzinho, uma flor de sete pétalas, um trevo de quatro folhas, o rosto de alguém micropigmentado em preto contra a luz. O que via José quando aprumava-se por entre a pequena sombra que carregava nos olhos? No fim das contas aquele rasgo escuro nos unia de alguma maneira, talvez no que hoje acredito ser o ponto cego da memória. Eu pedia para olhar a cicatriz de perto, montava em seu pescoço e abria-lhe as pálpebras avidamente até quase vê-las se entortarem emborcadas. E então ele se virava e, para me assustar, dobrava a pálpebra superior para cima, fazendo-a ficar toda vermelha, com as pequenas veias irrigadíssimas de sangue. Era uma cena bufônica que os meninos e meninas de nossa infância sabiam realizar para assustarem uns aos outros. Dos adultos, que ficavam a nos observar nas peraltices e presepadas, ouvíamos em tom ameaçador:

— Menino, se bate um vento o teu olho fica assim pra sempre.

A mesma lógica se aplicava para o caso de entortarmos os olhos em vesguice ou naqueles casos em que um menino, qualquer um de nós, conseguia deslocar os ombros, desencaixando-os como se articulasse um par de asas ligadas à omoplata. Era assustador, mas encantava ao mesmo tempo. José, no caso, tinha o sol nos olhos e sabia, também, desmembrar as asas durante alguns minutos, apenas isso – se passasse mais tempo, o único jeito de arrumá-las era no hospital a urros desengonçados e ardorosos.

Paulo observou com nojo eu tentar virar uma de minhas pálpebras, era incapaz de conceber aquele tipo de brincadeira com órgãos tão sensíveis. Depois de falhar duas ou três vezes, tentando assustá-lo com a máscara desenhada pela ponta dos dedos junto ao dobrar dos cílios, pude ouvi-lo falar em alto e bom tom para que todos a nossa volta no restaurante pudessem também perceber e, quem sabe, em seu pacto de iguais, concordar:

— Você é melhor do que eu pensava. Quando te conheci achava que você era uma intelectual, mas você é uma palhaça.

Encheu mais uma vez o corpo de cerveja e começou a rir com os dentes alinhadíssimos pelos aparelhos ortodônticos de consertar as imperfeições da classe média paulistana. As moças na outra extremidade da mesa, duas escritoras argentinas, sem entender a piada, gargalharam discretamente, erguendo um brinde em seguida que logo foi acompanhado por todos ali, inclusive por mim, que levantei o copo como por doença das mãos, qualquer mal das juntas que me estivesse obrigando por correntes invisíveis a ser cordial e tolerante.

8

A risadaria de Paulo e Douglas quase não me deixa dormir. Os dois se divertem muito depois de passar na boca para comprar o pó. Ficam horas trocando boas ideias sobre futuros projetos e escolas revolucionárias de artes e alta cultura. Percebo que não se esforçam em nada para fazer um pouco menos de barulho, mas estou tão cansada que adormeço e em algum momento tenho a impressão, bastante sonolenta, de que os tons de voz haviam baixado, parecia uma atmosfera de concentração, quase como se a sala tivesse tomada por uma aura de biblioteca.

Respiro com dificuldade, o peito pesado pelos tantos cigarros fumados ao longo da reunião. Misturo a biblioteca com o sono e volto a dormir. No dia seguinte, muito cedo, Paulo e Douglas já acordados, animados com nossa exposição para o Centro Cultural. Fomos trocando conversa alegres sobre o projeto.

Entrei na sala de reuniões e me sentei ao fundo. Com a pasta aberta, saquei o argumento do projeto e revisei mais uma vez para ter certeza de que tudo ia bem, além disso, sentia algum prazer em reler a narrativa da menina no teatro, as expectativas acesas internamente, recostadas à cadeira numerada da plateia, o ranger de sua madeira muito sutil que só pode ser notado com uma dose cênica muito bem elaborada de suspensão tensionada e silêncio sepulcral, modo único em que é possível notar-se até mesmo as eiras da respiração do público. Assim eu me entendia na sala de reunião, queria sumir, evaporar mulher, voltar palavra no projeto, só isso. Queria apenas aparecer ali, no texto, sob a carapaça de um não-eu, átimo de linguagem, abismo talvez. Já me sentia vagueante, extremamente tímida, sem talento para as formalidades de apresentação. Para isso eu contava com Paulo, ele sabia sorrir, dizer, deslumbrar. Tinha a voz firme e realizava verdadeiras acrobacias com conceitos e rupturas, eu podia ver a luminosidade nos olhos de seu público, entusiasmada e entusiasmante.

Paulo abria a boca embotado de explicações e tramas de curso linear que quebrava com doçura e vigor, feito acertasse o tiro em um alvo muito distante e côncavo, e assim refazia o mapa de sua retórica, todo em corpo e em vida, transformando-se diante da presença de todos que já se esticavam nas cadeiras para aplaudirem com a intensidade, fogueando as palmas das mãos no preparo da grande aclamação.

Cheguei eu. Senti o anúncio pelo suspiro profundo e de mão no peito que Paulo firmou. Paulo falou meu nome junto à informação, epíteto, de que eu era sua esposa, seu amor, e a melhor escritora do mundo. E então começou. Mantive-me impassível, orgulhosa do trabalho, talvez quase heroica ao fazer jus, com um anonimato inteligente, a minha memória, aos amores, ao amor pelo teatro, ao amor por Gabriela, por Belém e por mim mesma.

Senti um leve arrepio quando Paulo começou a ler as primeiras palavras que havia escrito. Meu espanto foi igualmente silencioso quando percebi que ele alterara o texto, ele mais Douglas, ao longo da madrugada, com as ideias movidas tão somente por si mesmos, sua atração mútua, descabelada, descamisada, jamais manifesta. Encontraram-se os dois obscenamente no papel, rascunhando, rasurando, refluindo, editando tudo que eu havia escrito. O encontro das três velhas, sua paixão pela visita, a governanta, o ar da sala de teatro, o medo e o torpor, tudo isso virou traço de caneta preta, a menina mudou de gênero, virou um homem, a peça das três velhas virou um monólogo de uma grande atriz da cidade, muito interessante, muito voluptuosa, com os bicos dos seios à mostra por entre o penhoar cenográfico. Um texto codificado e cheio de aliterações significativas para gerar a sensação de sussurro toda vez que a senhora se exprimia solitária em cena, como uma cascavel, uma serpente indomável e ingenuamente preguiçosa. Eu me levanto da cadeira indignada, interrompo a projeção, *esse texto não é meu*.

As pessoas me olham com susto e desprezo, eu, por minha vez, devolvo aos olhares a certeza de que, sim, é bom que protejam as cabeças, máscaras de ar cairão automaticamente, primeiro deve-se acoplá-las sobre o próprio rosto e, em seguida, sobre o de terceiros incapazes, como crianças e idosos, um alerta vermelho. Sem pânico deve-se buscar as portas em manual nas saídas de emergência, porque em volta, sim, tudo está a ruir.

8

Na ida para a delegacia, dois homens foram no banco de trás ao lado de Joana e do Portuga. Um deles, encapuzado, dizia-se matador – curiosamente esse homem não consta nos arquivos do depoimento da polícia, segundo os documentos oficiais só haviam três homens na operação, e não quatro.

Enquanto isso os frequentadores do Oito já se organizavam para divulgar os vídeos feitos meses antes onde viam-se as abordagens em sequência dos policiais pedindo dinheiro para a realização de uma espécie de segurança privada do estabelecimento, reclamando do barulho na rua, acusando o público do Oito de baderna e vagabundagem. Na hora em que os policiais apareciam, invariavelmente, Joana telefonava para a corregedoria, tudo em um estado de profunda tranquilidade e paciência. Foi tudo gravado por câmeras de celular.

Eu recorro ao vídeo divulgado na internet, ela está do outro lado do velho balcão, fala pausadamente com os policiais, aponta para o medidor de decibéis que instalou para controlar a altura dos sons no ambiente. Tudo certinho, tudo na retidão necessária para que o bar funcionasse, porque o bar era um sonho. A Joana sempre quis um bar. Um bar simples, assim, sem muitos luxos, luxo algum de fato, um banco longo às vezes atravessado na porta era dividido pelas pessoas e seus copos de plástico. Gostava da época em que Joana servia misto quente com aqueles condimentos deliciosos, era só chegar, comer, conversar e beber até a noite migrar para outro ponto da cidade. Nessa época tinha mais bares de beira pra rua, tinha o próprio Bar do Parque,

que ficava vinte e quatro horas aberto, só alternando os garçons em turnos.

Foi no Bar do Parque que a Joana e o Portuga sentaram para comemorar a soltura e a anulação do inquérito, dias depois da prisão. Um monte de gente que havia se reunido para manifestar contra a perseguição policial ao Oito, foi todo mundo parar nas cadeiras trôpegas do Bar do Parque. Joana brindou à soltura, agradeceu o apoio das pessoas. O Portuga, sempre mais calado, fez coro com a esposa. Os dois traziam sorriso e choro na mesma expressão, apesar da celebração flutuavam nuvens de tristeza no ar, a madrugada muito limpa em relevo azul marinho, a sensação de que certo inferno permanente havia tomado lugar à mesa.

8

Falei ao José que a vida só não é narrativa porque não podemos abrir uma fenda e desviar para outro capítulo quando a coisa aperta. Ele dá uma risada que eu escuto um pouco rouca do outro lado da linha. Conversa comigo enquanto faz uma faxina no apartamento, então está com a atenção meio difusa. Faço-lhe perguntas para ter certeza de que não se trata de mais uma fase de apagões de memória. Volto ao tema. Repito:

— A vida só não é narrativa porque a gente não pode escolher voltar e tomar outro caminho.

José se interessa, como é da dança já cria pontes de associação: na dança é possível fazer outros caminhos, tudo é uma questão de disponibilidade corporal.

— O corpo tem que estar disponível para o que está por vir, se for assim o voltar atrás é só mais uma atitude gestual possível...

— O quê?

— Sem muita perfumaria. Direto ao ponto.

— Entendi. O corpo...

— No corpo é possível. Eu estou indo por um caminho, uma trajetória de exaustão, por exemplo, e de repente eu posso dar meia volta e ir para um estado de contenção de energia.

— Como você faz no espetáculo.

— Sim, como eu faço no espetáculo. Sabe, a gente nem chama espetáculo...

— Chama como?

— Acontecimento, experiência, atravessamento... Porque não é teatro, né?

— Não...

— É uma outra história...

— Achas que se fosse teatro o público ia compreender melhor as coisas que tu fazes em cena?

— Talvez, porque ia ter uma relação causal, né? Ia explicar mais, eu acho.

— Ias ter que explicar por que ficas nu e babando em cena...

— Ia.Talvez.

— E porque, de repente, de uma hora pra outra o ritmo da música se altera tão radicalmente a ponto de virar apenas um zumbido de silêncio... E o teu corpo...

— O quê?

— Parece que teu corpo vai convulsionar...

— Isso é dança...

— É uma dança estranha, é uma dança macabra...

— Quem disse que precisa ser bonito?

— Às vezes umas coisas que tu danças, pra mim, ficam bonitas de tão feias.

Acho que tem certa diferença aí entre a dança e a literatura, uma diferença no fato da escrita do corpo não deixar vestígios. É um crime perfeito. Acho que com a escrita literária tudo que fica vira cena criminosa, quarto para perícia. Eu mesma faço uma confusão, não consigo limpar os vestígios de sangue nas paredes, ou o copo de leite derramado, a calcinha suja de sêmen ou menstruação. Também me furto de enterrar as facas no quintal ou atirar os punhais no rio. Fica tudo exposto ao leitor, a lambança, a bagunça, o desnorteio.

— Desnorteio é ótimo, ainda mais pra gente que vem do norte.

— É, mas dá trabalho. Comecei uma outra história pra falar, metaforicamente claro, das minhas tentativas de acabar esse livro.

— Sim, como é?

— Houve aquela moça do táxi, eu acho que só havia visto três ou quatro motoristas mulheres, ela era a mais bonita de todas. Foi me contando sua história de vida enquanto dirigia pelo percurso do aeroporto para o hotel na Presidente Vargas. Disse ter dois filhos adolescentes, uma casa própria e uma viuvez precoce. Eu me animo para ouvir mais. Só que ela para de falar da morte do marido e começa a perguntar sobre mim, o que eu faço, quem sou eu. Respondo: sou escritora. Assim, nesse tom, como se nada fosse. A moça do táxi torce um pouco o nariz e diz que não gosta de ler, porque só pode ler à noite, antes de dormir e quando acorda não se recorda mais do que foi lido. Na próxima noite precisa voltar ao mesmo ponto de modo que o livro nunca anda pra frente, apenas para trás. Com essa história pensei em escrever um conto em que a taxista seria a Penélope de Ulisses: ela tece um manto pela manhã e no fim do dia puxa o fio para desfazê-lo, evitando assim casar-se com os pretendentes que tanto a amam, quer dizer, não exatamente ela, amam seu título de nobreza e seu poder na cidade. Penélope, por sua vez, ama Ulisses ou ama o significado de Ulisses, o homem responsável por sua infindável espera. Perturbador que a palavra esperança conforme parentesco com a palavra espera. No caso do meu conto, o manto dessa Penélope é o livro. A taxista lê para fugir da realidade, isso é, o marido morto que jamais voltará – a sua condição de viúva entra aí, eu não poderia omitir esse dado da personagem. A tentativa de distração, digamos assim, é absolutamente inútil, porque a taxista sempre volta ao início, sempre, sem conseguir avançar no romance. Certa noite ela está com tanto sono que dorme com o livro aberto, na mesma página de sempre, e esquece o cigarro aceso causando um enorme incêndio no apartamento. Enquanto as chamas crescem no pequeno prédio de esquina, iluminando inclusive parte da rua, seus arvoredos e gatos negros, um homem caminha pela calçada de baixo, é visto pelos olhos aéreos de um pássaro negro: tem os pés descalços, passadas duras e uma mochila nas costas. Com o corpo sujo de terra e caminhos, o homem vem de onde não se vê, e ele não é outro senão o marido da taxista.

— Boa. Ele chega porque voltou da terra dos mortos? Ou é um salto no tempo para trás quando o homem ainda não havia morrido?

— Muitas possibilidades, né?

— Sim... O incêndio é uma pista. De onde veio esse incêndio?

— De uma vez que eu mesma quase toquei fogo na casa, por causa do cigarro aceso perto das cortinas. Dei sorte. Menos uma questão pro Paulo vir usar contra mim.

— Então és tu que não queres que o marido volte...

— Vou te contar a ideia: com o fogo tomando a casa, fica implícito que a taxista não sobreviverá e que, portanto, está aguardando nesse leito da morte o marido vir lhe apanhar. Pronto, é isso.

Silêncio.

— Entendi.

— Não gostaste.

— Gostei. Mas eu preferia que a taxista não fosse um fantasma.

— Eu quero insistir, José: se a vida fosse uma narrativa, a gente ia poder voltar no tempo e escolher um outro caminho. Digo isso porque fico voltando no livro para os mesmos lugares, criando atalhos, frestas, buracos, mas ainda não entendi como isso pode me servir para alcançar o fim da história.

— Qual é o final da história?

— Aí que entra a taxista como metáfora, o manto de Penélope... Eu não tô conseguindo chegar nesse final. Tenho agora que falar do Oito e da prisão da Joana e do Portuga. Já comecei a escrever essa parte. Fui aos jornais da época, abri arquivos de internet, assisti novamente àquele vídeo que a Joana fez sobre presídio feminino, reli o despacho do juiz, reli os emails que eu troquei com o teu pai pra entender os jargões jurídicos que me davam um nó na telha, reli os artigos publicados, revi o material filmado na época, me inundei de referência, sabe? Mas na hora de escrever com as minhas palavras eu não consigo, eu escrevo e escrevo mas sabe pra onde eu volto?

— Pra onde?

— Lá pra praia da Mangabeira. No nosso final de ano. Já voltei umas três vezes, mas mantive só as duas primeiras no livro.

— Égua, a Mangabeira foi bom que só, né?

— Pior que foi.

8

Joana foi enviada ao Centro de Reabilitação Feminino depois de prestar depoimento. Dois policiais a acompanharam dentro do carro, a um deles perguntou se poderia ter uma escova de dentes, ele ri. Joana imaginou que talvez o Centro de Reabilitação pudesse ser diferente da Seccional do Comércio onde ela e o Portuga ficaram nos primeiros momentos da prisão, encarcerados em uma cela apertada, escura.

Antes disso, um homem sem identidade, mas que certamente era policial, posicionou-se diante da mesa do delegado, pegou um canivete e começou a furar a superfície da mesa, alternando o golpe da lâmina por entre seus cinco dedos, cada vez mais rápido, feito competisse consigo mesmo. Uma imagem grotesca e completamente surreal, na medida em que Joana e Portuga jamais acreditariam poder ver algo do gênero que não fosse dentro de um filme norte-americano de ação dos anos 80. O ritmo trôpego da lâmina do canivete sobre a madeira da mesa, tão marcada em vincos provavelmente realizados em outras circunstâncias pelo mesmo homem, ou talvez por outro que se beneficiasse de modo semelhante ao primeiro do poder que lhe conferia ter um canivete, cinco dedos em cada mão e ser policial. A luz entrecortada pela meia janela que dividia a Seccional da rua, dos passantes lá fora, os trabalhadores, os motoristas de ônibus e os vendedores de jornal e seu radinho de pilha onde tocava de modo insistente, borboleteando chiados junto às notas musicais, o brega do Chico Preto que nada mais era do que uma brincadeira trava-língua sobre o peito do pé do Chico Preto ser preto. A batida eletrônica começa de maneira inconfundível, duas guitarras se alternam na marcação do tempo e da frase musical que fez do Chico Preto um dos bregas mais marcantes de 2002. Uma voz pastosa canta o Chico Preto, que ora pode ser um bicho de estimação, ora pode ser – ênfase dúbia da música de aparelhagem paraense – o membro sexual do cantor.

A malha sonora entrava pelo espremido de janelas da Seccional, a sensação de sufocamento pouco a pouco mais acirrada. Encaminharam Joana e o Portuga para uma cela temporária. O odor da merda, do limo, do sangue e do mijo espalhados nas paredes era insuportável. O barulho de uma água corrente pelo entorno parecia ser de esgoto ou de ralo entupido. Todos os sons do espaço pareciam dimensões das entranhas de um corpo absolutamente morto, Joana e o Portuga, dentro desse corpo, desesperadamente vivos.

Separaram-se com um abraço e um beijo. No silêncio dos dois uma discreta promessa de que tudo terminaria bem, mas é certo que ninguém tinha certeza suficiente para afirmar isso. Joana entrou no carro ainda trêmula, no decorrer do caminho para o Centro de Reabilitação tentou observar a cidade através da janela, com a testa meio escorada no vidro, as mangueiras passando como caminhassem para o lado contrário de seu destino, as pessoas na povoança da rua misturando-se às calçadas acinzentadas do cimento muito quente do meio dia, os ciclistas com suas entregas, os pedintes. Imaginou que se o carro virasse à esquerda naquela pequena rua iria para a direção mais próxima da casa de sua mãe, no Telégrafo, onde ela vivera ao longo de vinte e dois anos.

A infância no bairro do Telégrafo, o pé no chão, as brincadeiras no bairro do Telégrafo, brincadeiras de ruas com meninos e meninas que mais tarde não teriam a mesma sorte que ela. As noites no bairro do Telégrafo em que as portas eram trancadas com força e as luzes apagadas muito cedo. Lá fora o ribombar agudo de tiros entrecruzados entre a gente do bem e a gente do mal. Essas atribuições eram flutuantes, às vezes gente do bem era a polícia que vinha fazer vigilância para expulsar os criminosos, às vezes os criminosos eram gente do bem porque garantiam as festas de rua e o ganha-pão dos bares abertos até depois do limite da madrugada, a segurança das mulheres que trabalhavam até tarde como domésticas nas casas do centro e voltavam às dez, onze horas para casa, sozinhas, escorando a solidão em sacolas recheadas de compras feitas no final do dia, arroz, farinhas, café, um pedaço de charque quando dava, açaí quando dava. As crianças na casa da vizinha, devidamente asseadas, talco passado no pescoço, nas dobrinhas, nos pés e pernas, a vizinha sempre muito bacana. As vizinhas dessas mulheres sempre muito bacanas, porque também eram essas mulheres e também, por vezes, precisavam de vizinhas sempre muito bacanas.

Joana se sentia só e talvez um pouco culpada por sua trajetória vivamente incomum para pessoas de mesma origem. Às vezes pensava no Mariozinho que tinha sido seu primeiro namorado. Ele descoloria os cabelos, tinha lábios grossos, os olhos duas bolas pretas, o nariz achatado de muiraquitã. Primeiro amor.

— O amor que vem do Telégrafo, morre no Telégrafo – pregava a garotada jovem, papo de moleque excitado com os primeiros enlaces e dramas do corpo, do sexo, das necessidades da pele. Joana quase dormiu com Mariozinho, quase. Achou que era muito cedo, ele insistiu, queria demais, gostava demais dela, ia com prazer buscá-la na Escola de Teatro, saíam os dois de mãos dadas, a gente uivava de sacanagem, ficava encarnando na Joana, fazia pouco daquele dengo todo. Um dia Joana resolveu terminar, Mariozinho era muito mais velho e queria coisas diferentes. Assim seguiram. Na Escola nós nos habituamos à falta do rapaz no portão, como se regressássemos a um lugar comum de ausência que já existia desde sempre. Mariozinho era legal e tudo o mais, integrou-se bem ao grupo, mas escapou como uma peça que não faz falta no cotidiano, Mariozinho só foi nos bater na saudade quando, de fato, deixara mesmo de existir, quando virou corpo de desaparecido desses que são tragados nos sumidouros das notícias de jornal. Demorou muito para que as autoridades conseguissem terminar a investigação de seu paradeiro: um terreno baldio, perto da Ponte do Galo.

Joana veio nos contar, assustada, quase sem ar, que o Mariozinho estava morto, talvez pela mão de traficantes, porque depois de uma batida policial acabou dando com a língua nos dentes, deu de falar nomes que não podiam ser, sob hipótese alguma, mencionados. Disseram nas vielas do Telégrafo: *essas brincadeiras de moleque cagueta, dedo duro passa mal.*

Já o Rômulo, amigo de infância de Joana, quase morreu, não morreu mas rodou, foi preso depois de muito tentar escapar, arrependido de ter feito uma boca na casa, com a irmã como entregadora na beira dos vidros de carros chiques que apareciam ali na rua sem asfalto. Era uma estratégia muito simples: a irmã pegava o neném no colo, encaixando suas pernas gordinhas ao redor da cintura, enfiava o saquinho com cocaína no bolso do short desfiado, saía do barraco de madeira, equilibrava-se por entre as fossas abertas por onde seguia o curso de uma água esverdeada e mal cheirosa, avançava para a entrada da pequena vila, à boca da rua mais movimentada onde estava estacionado o carro prata, não o carro prata das milícias que nos finais de semana, após o toque de recolher, saíam atirando em quem estivesse ao alcance das balas, mas o carro prata de um empresário da cidade, ou de um professor de universidade, ou de um estudante de medicina, ou de um escritor famoso ou de um herdeiro de terras no sul do Pará.

A irmã de Rômulo entregava o pacotinho com as gramas do pó em um gesto rápido, ríspido e leve, entrelaçava os dedos e como um mágico, um mago, o Shamon, o maravilhoso Shamon, o pacotinho ficava oculto até chegar ao seu destino, as mãos brancas que sorrateiramente saíam de dentro do carro, pela janela que fora aberta em um frequência contínua, uma linha preta que se afunda para dentro da porta do automóvel revelando o corpo sentado no banco do motorista, volante reluzente com um logotipo internacional, tudo muito misterioso, o vidro em tom fumê, escuro, apartando a realidade interna, com seu ar condicionado intensidade máxima e o som alto de uma música lounge reverberando por todos os cantos estofados e macios dos assentos, do abrasamento externo, um incêndio suburbano, hálito do ventilador no cinco, a bica soltando água muito fria para conter o suor maciço que exalava dos poros até mesmo na hora do banho às cinco da manhã.

O neném no colo era uma forma de desviar a atenção, mostrava que a irmã de Rômulo era mãe e isso podia amansar um pouco o julgamento de quem estivesse a desconfiar que andavam os dois metidos com o tráfico. O motorista do carro não olhava para o rosto da irmã e nem mesmo para o neném, recebia o pó, pagava o pó e acelerava discretamente, com o silêncio de um deus motor caríssimo, e se ia, se ia para as suas bandas, se ia.

Pegaram o Rômulo, pegaram a irmã, o neném viu tudo. Rômulo foi preso, a irmã também foi durante um tempo, o neném ficou com uma tia que morava na Vila da Barca. Joana conhecera os dois quando ainda eram uma meninada de jogar bola, brincar de pira-alta, pira-pega, pira-se-esconde. Pira-paz-não-quero-mais-quem-quiser-vá-pro-inferno.

Joana pensava nisso quando chegou ao Centro de Reabilitação Feminina, pensava em Mariozinho, em Rômulo, na irmã do Rômulo. Pensava na própria inocência, no Oito, o bar que sempre quisera ter, o bar que era dos amigos, o bar que juntava gente no respiro da sobrevida. Pensava nunca ter feito nada parecido às atitudes dos amigos e do ex-namorado, mas não importava, lá estava Joana igualmente encarcerada, emudecida, sem sangue no corpo. Todos eles presos a algemas ou à morte cravada nas costas, esmagados pelo destino único que lhes parecia possível, afinal, o amor que vem do Telégrafo, morre no Telégrafo.

8

O Edir era editor de jornal havia décadas e me explicou com cuidado o que significava a sentença do juiz a respeito do caso do Oito Bar. O documento demonstrava com clareza os motivos da anulação do processo, toda a confusão na frente do bar, as provas obtidas de maneira ilícita, o conjunto de episódios evidentemente forjados como retaliação da polícia a Joana e ao Portuga foi fundamental para a soltura dos dois.

Durante duas noites os frequentadores do Oito fizeram uma vigília. A noite brilhava como uma clareira de incômodos. Uma imensa cantoria se irradiou ininterrupta pela rua, e a vizinhança inteira se acendeu em janelas iluminadas pela curiosidade. Alguns vizinhos se irritaram e lançaram sacos de mijo dos andares mais altos sobre as pessoas na rua.

Nos jornais, após as primeiras manchetes sensacionalistas, começaram a surgir artigos questionando as autoridades e apontando sistematicamente as irregularidades do caso. Saiu uma foto importante de uma moça de óculos escuros redondos segurando um cartaz onde se podia ler:

A Polícia Mente.

Outro cartaz, ao fundo, mais distante:

Liberdade para o Oito

Joana tatuou um número oito no tornozelo quando abriu o bar. Brinquei uma vez mandando-lhe uma fotografia de meu pulso com um oito desenhado à caneta, não tinha a valentia de submeter meu corpo a tipo algum de rabisco, sereias, topografias, rosas vermelhas, claves de sol, um nome secreto, uma reza de amor, não. Se viesse o desejo eu logo despejava sobre mim a estranha vigilância religiosa. Paulo caçoava, dizia para que eu tatuasse a palavra *Jesus* no braço, já que não largava os pensamentos, toda teia de doutrinas e sinais de bom comportamento, que me haviam ensinado nos tempos em que eu era da igreja.

Segundo a Bíblia Sagrada, o número oito quer dizer um outro começo, um renascimento. Qual fosse possível retornar ao início de um processo de experiência no mundo em uma nova tentativa. Por isso o domingo vem a ser o dia reservado para o descanso. O domingo é o oitavo dia. Lê-se na Bíblia sobre as oito pessoas que saíram da arca, sobreviventes, renascidas porque passaram pela morte no dilúvio e ressurgiram para uma outra chance sobre a terra firme.

Somente no oitavo dia se realizava a circuncisão, Davi era o oitavo filho, a purificação e cura do leproso se dava no oitavo dia, no oitavo dia também houve a gloriosa transfiguração, quando depois da ressurreição Jesus surge radiante no pico da enorme montanha. É neste momento em que ressoa uma voz do céu, originada primeiro num silêncio muito nobre da garganta do azul, chamando-o *Meu Filho*.

Joana dizia achar bonito o nome do bar, porque o número oito, quando deitado, por exemplo, ao longo de uma folha de papel, torna-se o símbolo do infinito. Penso nisso e me atiro sobre a cama dançando no ar com a ponta do meu dedo, pareço novamente aquela menina por entre as grades da própria casa regendo a chuva. A curvatura do oito é sequencial e infinda, uma ponta deve ligar-se a outra para que a forma fique completa, e para ficar completa precisa estar, num sentido permeado de contradição, inacabada – porque o movimento é sempre uma totalidade em que algo falta, uma peça, uma chave que caiba na gira do tambor, o próximo passo (no caso de uma dança, uma dança de José, uma dança de José no Rio de Janeiro, pela manhã, quando ele cruza os Arcos da Lapa um pouco distraído, um pouco preocupado com as eleições, bastante equilibrado nas duas pernas maciças, musculosas e decerto exaustas, suarentas pelas distâncias percorridas sem automatismos. É calor em janeiro, os sovacos de José são duas poças úmidas cheias de pelos embolados. Ele caminha ao longo da grande avenida e, mais que um pedestre, assemelha-se a um acrobata em queda livre).

Liberdade para o Oito

Sempre que volto a essa frase penso em quão significativo é que Joana e o Portuga, duas pessoas, apenas duas pessoas, tenham se tornado um grito de protesto em centenas de vozes na cidade.

Uma vez declarados inocentes, o Ministério Público precisava saber quem eram os donos da pasta base de cocaína e do dinheiro encontrados na residência do casal. Uma apuração mais precisa dos fatos indicou as fissuras de ilegalidade na operação policial.

Joana e o Portuga começaram a sofrer ameaças, passando a temer por sua vida. Em menos de um ano partiram, em Portugal poderiam ter paz, vivendo em segurança no Cais do Valongo.

Ali o inverno obrigava a migração dos pássaros para o norte, algumas aves solitárias procuravam escapar da morte nas frestas das casas, embrenhando-se por perto dos dutos do sistema de calefação. Joana pode ouvir um som como um grasno por entre as paredes de seu novo lar.

Nos primeiros meses, Joana teve o mesmo sonho, ou melhor, a repetição um pouco anuviada da realidade que viveu no Centro de Reabilitação Feminina.

Ela entra em um calabouço repleto de mulheres apertadas, uma em cima da outra, amassadas, panos ensanguentados escapam de suas saias e se tornam uma espécie de venda sobre os olhos de Joana. Pode-se ouvir o barulho dos passos circulares sobre o chão de cimento cru, tudo parece remover-se da matéria, rapidamente a cela se torna um quadrado feito de entranhas, macio de vermelho, permeado por canais grossos de sangue que pulsam a cada segundo, feito empurrassem pedregulhos por dentro, pequenas rupturas arteriais, tromboses, aneurismas, acidentes vasculares. Descola-se da superfície das paredes um sangramento coagulado, Joana sente sob seus dedos pedaços de matéria rubra, quase preta, tecido epitelial, o calabouço expele-se coalhado, um aglomerado de células mortas ou em vias de morrer, depois se refaz, nunca desmorona por inteiro, é sempre aprisionamento.

Ela acorda suando muito, um grito se encolhe na garganta, fosco, a garganta muito seca pede água. Joana muitas vezes, ainda que liberta, ficou pendurada pelos dedos na lembrança do Centro de Reabilitação Feminina.

Ao chegar ali foi conduzida a uma cela com dezenas de mulheres e, como se já conhecesse o ritual do dia, às cegas, aninhou-se em uma pedra, sentiu o chão grosso, abaixou a cabeça e chorou.

Uma mulher mais velha se aproximou, sentou-se ao seu lado, pôs a mão em suas costas para acomodá-la com um pouco mais de conforto no sofrimento. Joana se refez em alguns minutos, a mulher se apresentou, disse chamar-se Áurea, Negra Áurea, perguntou o porquê da prisão de Joana, Joana explicou, explicou novamente, e novamente, estava ansiosa. Negra Áurea a acalmou, mas com um peso muito evidente e sereno nas frontes, passou a contar sobre como tudo aquilo não importava, que fosse mentira, que fosse verdade, não importava, porque ninguém queria saber. Joana voltava a enervar-se, mas Negra Áurea sabia ficar leve em sua fala para fazer voltá-la ao descanso da cabeça. Não era por maldade que Negra Áurea disse que Joana não deveria esperar nada da justiça, que não deveria criar expectativas de soltura ou de acesso às documentações do inquérito, lá dentro o mundo era outro, os homens, os policiais, e as poucas mulheres que também trabalhavam na Reabilitação não passavam informações, não atendiam aos pedidos, não conversavam sobre a liberdade do lado de fora. Negra Áurea queria contar com doçura para Joana, maternal que era, sobre o fino fio que se rompera a partir do momento em que se iniciou a ordem de prisão. O fino fio.

— Que fino fio, Negra Áurea?

— Esse fino fio que junta gente ao mundo, a gente, sabe? A gente mulher. Ele já era frágil, o fino fio, quando a gente tava solta, agora ele se desfez. Num repente ele se desfaz, o fino fio.

Joana chorou novamente. Negra Áurea a pegou no colou, ofereceu papel higiênico para que ela assoasse o nariz e deixou indicado que poderia usá-lo para as necessidades, quando precisasse evacuar no buraco em uma das esquinas da cela.

O tempo passou. Negra Áurea deixou um tantinho Joana para conversar com outras mulheres, Joana ficou com a bexiga cheia, levantou-se discreta, aliás, mesmo que não houvesse discrição, ninguém ligaria, e foi até o buraco. Algumas mulheres baixaram os olhos para que Joana se sentisse um pouco mais à vontade, relaxada talvez, para abaixar a bermuda jeans, a calcinha, ficar de cócoras, balançando-se sobre o par de sandálias de dedo, e liberar o jato de xixi com tranquilidade. Impossível. A dor da urina presa começou a tornar-se mais intensa conforme a vergonha e o constrangimento se alargavam. Pareciam ter colocado uma pedra em seu canal, não saía nada. Uma outra moça percebeu o desespero de Joana, levantou-se e fez uma cortina com a saia, só então Joana conseguiu urinar. Joana agradeceu, novamente chorosa. Sentou-se ao lado da mulher.

— Sabe quem é a Negra Áurea? O que ela fez?

— Não.

— Não quer saber?

— Não sei.

— Vai fazer alguma diferença pra você?

— Não.

— Negra Áurea matou o marido. Matou com uma pedrada na cabeça enquanto ele dormia. Não foi só um pedrada, uma pedrada é jeito de dizer, ela matou foi com um bocado de golpes, uns duzentos, acordou todo mundo. Ela estava possuída, ela contou uma vez pra gente, que parecia que tinha pegado santo de tanta raiva. Uma raiva, assim, sabe?, que botou ela pra fora dela. Diz que ela pegou foi uma brita na porta da casa e esmagou o crânio do marido até sair o rosa dos miolos.

— O que o marido fez com ela?

— Aí é que tá. Ele dizia que não fazia nada, mas a filha dela tava toda machucada e quando viram ela tinha pegado barriga, mas como ia pegar barriga se não tinha namorado? Aí a filha não falava nada, não falava nada, parecia aquela mudinha que pede dinheiro no semáforo lá em São Brás.

— E como ela descobriu que ele engravidou a filha?

— Ela não descobriu. Ela tinha certeza antes de descobrir. Agora não pergunte como. A questão é que quem sabe, sabe, mãe sempre sabe. A filha mudava quando o marido dela chegava do trabalho, essas coisas, ficava parece que com a pressão baixa, ficava mofina. Dizia umas coisas horríveis, que queria arrancar o bebê. Parecia que o bebê chutava a barriga por dentro quando o marido da Negra Áurea aparecia, como se tivesse jogando futebol com o pai e a bola era a mãe. Isso é coisa que a Negra Áurea disse, essa é Negra Áurea. Aí foi que a filha teve as dores do parto, levaram ela lá pro P.S da 14 de Março pra ela ter o bebê, mas não sei o que foi que o bebê não queria sair, ou ela não tinha a dilatação, né, pro bebê sair, e esse nascimento foi uma dor de cabeça pros médicos, pros enfermeiros, porque não vinha, não vinha de jeito maneira, até aquele ferro tentaram usar pra puxar a cabeça do bebê, tudo, tudo menina. Aí fizeram a cesárea: nada. Não saía. A mãe não deixava, o bebê não queria ir, não sei. Essas coisas podem acontecer, o que não pode acontecer é dessas coisas durarem desse jeito, porque nunca ninguém viu uma mulher que teve que passar a vida toda parindo, e foi assim que tava a filha de Negra Áurea, sem conseguir estancar aquela parição, dar um final naquilo, sabe? Aí, minha filha, a moça não teve outro jeito, teve que morrer pra acabar com aquela agonia, o coração não aguentou, as pernas ficaram inchadas, o bebê foi junto. Negra Áurea perdeu a filha e o neto. Negra Áurea ficou tão tomada que assassinou o homem, o pai do filho da filha dela, que era marido dela, que tinha visto a filha dela crescer. Ela disse que nem se arrependeu, chegou e matou. Não foi que no final o filho era dele mesmo? Fizeram diz que um DNA pra saber, porque tudo virou crime, né? Essa é Negra Áurea. Negra Áurea não deixa passar. Negra Áurea tem esse nome, não sei se lhe falei, porque é artista. Esse nome ela se deu porque ela fazia poesia na comunidade dela. Poeta mesmo.

— Era?

— Alfabetizava as crianças com poesia, alfabetizava os adultos. Fazia aquelas contações de histórias, histórias do interior, histórias de rio, histórias de mata, aquelas histórias de cobra mamando no seio das mulheres, essas histórias. Tu vai ver, ela vai te contar. É que agora ela não tá com vontade, mas se tu ficar por aqui mais tempo, ela vai te contar, vai até inventar de declamar poesia. Aqui os homens deram outro nome pra ela.

— Foi?

— Foi, porque diz que ela é a cara de outra doida, uma que era conhecida lá da Praça da República, aí rebatizaram ela.

— Rebatizaram ela? Os policiais?

— Foi, eles dão nome pra todo mundo.

— E qual ficou sendo o nome dela?

— Pantera.

Foi por causa de uma rebelião em março daquele mesmo ano que as mulheres da cela decidiram ficar mais unidas. Quebraram tudo ali, a polícia apareceu gritando para todo mundo sair da cela. Em seguida, bateram em todas as mulheres.

— Colocaram a gente durante dois dias de joelhos lá fora, acocoradas com a cabeça no chão, e debruçadas em cima das pernas, não sei quanto tempo demorava, mas minha coluna, meu pescoço, minha cabeça, só ficavam latejando e eu mal conseguia sentir meus joelhos. Só ouvia eles falarem: vocês vão ter dez segundos pra levantar a cabeça e depois colocar ela de baixo de volta. Aí eles começavam: dez, nove, oito... Era esse o tempo que a gente tinha de levantar a cabeça, alongar a cabeça e depois colocar a cabeça de volta. Se tivesse alguém ainda com a cabeça levantada levava uma paulada com um cassetete ou um chute. E eles chutavam e empurravam as cabeças, colocavam os pés sobre as nossas costas, e ficavam nos chamando sobre as piores coisas assim da Terra, vadia, puta, vagabunda, escrota. Nem conhecia a minha mãe, mas me chamavam de filha da puta. O comandante era o pior, ele tinha prazer de torturar cada uma ali. Ele pegou um balde de lama cheio de bichos, cheio de bichos, daqueles vermes, e mandava abrir a boca e ia jogando assim na boca de cada uma, por prazer.

A triagem Joana não chegou a conhecer, disseram ser o pior momento. Todo mundo dorme no chão, todo mundo dorme amontoado, uma em cima da outra.

Uma das moças, chamada Georgina, estava lá depois de prenderem sua mãe e seu pai. O irmão era traficante, o pai nunca imaginou que ele fazia aquilo. Os policiais chegaram à casa onde morava e quebraram tudo, levaram a família toda.

— Meus filhos ficaram sozinhos em casa. A minha mãe, graças a deus, já saiu há três meses. Mas eu tô aqui, nem sentença eu recebi ainda.

Outra moça estava há meses pedindo para tirar a segunda via da identidade que os policiais haviam perdido.

— Eu tô já há não sei quantos meses pedindo pra tirar minha identidade, eles perderam a minha identidade. Aí eu falo: quando é que vocês vão tirar minha identidade? Cadê a minha identidade. Eles falam: ah, não é pra agora, não é pra agora. Aí eu falei: me dá o dinheiro do ônibus que eu vou lá reaver a minha identidade.

— Sabe qual é o problema, Joana? É que deus não teve tempo de ouvir a gente ainda. É tanta gente, tanto problema nesse mundo, é por isso que ele ainda não ouviu a gente, mas ele vai ouvir. Pode esperar que um dia ele vai ouvir — A Negra Áurea se levantou, enorme, e completou – A metade da minha sobrancelha eu perdi aqui. Arrancaram, assim, de uma vez. No dia que eu fui presa, eu fui tentar fugir. Aí conseguiram me pegar e me colocaram na viatura e o policial deu dois tapas assim nos meus dois ouvidos, com as duas mãos, com tudo. E até hoje eu não consigo ouvir direito desse lado. É um zum zum zum que não dá trégua, mas não me agonio mais com isso.

Joana não sabia que estávamos do lado de fora, brigando para que ela e o Portuga fossem soltos, ainda não tinha recebido a visita de qualquer advogado que levasse as informações sobre o inquérito. Estava completamente desnuda de esperança, ainda que confiasse nas pessoas que estavam ao seu lado. Joana sabia que não era como as outras mulheres ali, porque muitas delas desconheciam os motivos de suas prisões, muitas delas não tinham documentos, ou foram abandonadas pelos maridos e familiares. Joana carregava mínimas diferenças que a resguardavam do medo de ser esquecida. Assim tentava pensar para calmejar um pouco a angústia que lhe comia o peito todo, a tenras mordiscadas. Permaneceu calada até o final do dia, a noite adentrou como silêncio no corredor onde ficava sua cela, as noites e os dias pareciam amalgamados, sem talho de diferença entre a luz do nascer do sol e a luz do pôr-do-sol.

Negra Áurea chamou Joana com as mãos, o corpo de Joana trêmulo apenas ressoava as histórias narradas ao longo do dia. Negra Áurea falou meio baixo para não acordar as outras:

— Joana, se tu quiser, minha filha, tu podes dormir essa noite aqui do meu lado. Tem um espaço aqui que tu cabe.

Só depois disso pôde descansar, enfim.

8

O carro foi parando, a taxista se despediu de mim com um sorriso, falou que se eu recomendasse um livro ela até tentaria ser mais dedicada na leitura. Nós rimos. Eu estava sem dinheiro trocado, combinamos que ela passaria no hotel para apanhar o pagamento no dia seguinte. Ainda fiz uma brincadeira com a velha história da donzela do táxi da cidade, aquela que fazia passeios em táxis aleatórios por Belém e quando os motoristas iam procurá-la no dia seguinte para receber o pagamento, um homem no endereço de sua residência simplesmente dizia que estava morta há pelo menos quinze anos.

— Mas eu não sou um fantasma, não, sou de carne e osso.

Eu disse rindo enquanto batia a porta do carro ao mesmo tempo em que tentava equilibrar as rodinhas da mala sobre o chão. Eram duas da manhã em Belém. É estranho ficar hospedada em um hotel na cidade onde nasci e cresci.

8

— Por que você saiu desse jeito? Quer foder o projeto? Quer foder com tudo?

— Paulo, eu não posso aceitar uma coisa dessas.

— Calma, não é tão grave assim, foram algumas alterações no texto, não tem que fazer esse escarcéu, pelo amor de deus. Tem sempre que fazer um escarcéu. Que talento é esse pro escarcéu?

— Vocês reescreveram o meu texto inteiro.

— Foi necessário, tinham coisas que estavam muito ingênuas ali. Meu amor, mil perdões, mas é assim que a banda toca. Aqui é assim, São Paulo é assim, é essa cagada mesmo, você tem que aceitar isso... Tem que aceitar em algum momento, meu anjo.

— Vocês reescreveram o meu texto inteiro.

— Vai ficar louca repetindo isso? Reescrevemos porque foi preciso.

— E meu nome ficou lá ainda, como se eu tivesse escrito aquela merda.

— Não, você escreveu a outra merda, a primeira, que nós tentamos consertar. (Tempo de arrependimento) Desculpe, eu não devia ter falado isso.

O que você não devia ter falado
Ou melhor: o que você não podia ter feito
O que você não devia ter feito sob hipótese alguma

era ter reescrito a merda da minha história
como se fosse sua
como se fosses tu respirando
sob a minha
assinatura
seu filho de um caralho.

8

Acho estranho que Miguel suba em meu quarto nas últimas horas de estadia no hotel. O interfone toca e antes que eu possa pedir para que ele me espere no saguão já ouço três batidas fortes na porta. Coloco o par de brincos, que é o que me falta para partir, e abro, ele está com um sorriso estranho. Eu me arrependo por termos bebido na noite anterior.

Foi tudo rápido, na volta do último passeio Miguel insistiu que fôssemos a um lounge novo na cidade, prometeu que passaríamos poucas horas, porque eu me sentia bem cansada, com vontade de dormir. Acontece que criamos certa proximidade durante as duas semanas em que trabalhei no artigo para a revista.

Miguel me contou da separação dos pais no ano retrasado e de como teve dificuldades em aceitar a mudança da ex-namorada Laura para os Estados Unidos. Fora aprovada em um programa de intercâmbio ou algo assim, uma dessas atividades para o aprendizado da língua inglesa que envolvem trabalhos como o de babysitter em pequenas cidades do interior.

Era óbvio que na terceira dose de vodka eu já não conseguia mais reunir esforços para manter a atenção nas questões que realmente lhe importavam. Eu apenas podia perceber que seus olhos se encheram de lágrimas quando lembrou-se da última vez em que ele e a namorada se viram. Foi um tanto estranho quando atirou-se na mesa, com os braços quase derrubando nossos copos, e passou a soluçar, tomando de assalto minha mão esquerda para escorá-la assim no peito, como se desse jeito pudesse enterrar a emulação de uma dor muito profunda. Depois passou a beijar meus dedos, parecendo-se um pouco a algum devoto de alguma santidade. Eu me levantei e disse que precisava ir ao banheiro.

O espelho parecia se contorcer diante de minha aparência tão cansada, ajeitei o lápis do olho direito que escorria vertiginosamente. Ao voltar para o salão, Miguel já parecia refeito. Pediu desculpas pelo excesso e perguntou se eu queria mais uma dose, recusei e solicitei que fôssemos embora. Miguel se lançou sobre mim em um abraço apertado, lascivo, e perguntou em meu ouvido, quase numa cantoria, se não seria naquela noite que voltaríamos juntos para o quarto de hotel.

Eu me afastei, eu o empurrei delicadamente para que não se sentisse convidado a me dar um tapa, porque Paulo da outra vez disse que o tapa havia sido uma reação ao empurrão irresponsável que eu desferira em seu peito.

Pedi para que Miguel me chamasse um táxi, ele insistiu em me levar em seu carro. Eram apenas três quarteirões até o hotel, mas estava muito tarde para ir sozinha. As doses de vodka em minha cabeça rodavam e doíam, Miguel acelerou sem cinto de segurança, bastante irritado, bebia uma garrafa de água com violência, talvez para me mostrar como conseguia ficar rapidamente sóbrio dessa maneira.

O sorriso de Miguel agora soa maquiavélico. Ele não me deixa sair do quarto pela manhã, insiste em me entregar o envelope com o pagamento em mãos ainda que eu lhe tenha dito preferir um depósito em conta.

— Faço questão.

Ele diz enquanto se aproxima carregando uma pasta vermelha onde provavelmente guarda as finanças da empresa turística do pai. O elástico faz um barulho estalado. Ele abre o envelope e conta o chumaço de notas diante de mim, depois de sentar-se sobre a cama. São quatro mil e quinhentos reais. Eu me ajoelho para abrir a mala, desencapo o seu fundo falso e lá dentro guardo o dinheiro recebido. Depois de levantar tomo fôlego para parecer forte e pergunto se podemos ir.

— Eu não vou poder te levar hoje ao aeroporto, mas pagaremos seu táxi pela empresa.

Agradeço e me despeço sem me despedir.

Na ida para o aeroporto peço para que o taxista conduza pelo caminho da Julio César de onde podem ser vistos os matagais próximos ao Cassino dos Oficiais e ao Aeroclube. Diziam que as onças apareciam era dali, mas eu nunca vi nenhuma no tempo em que frequentávamos a piscina do Cassino. Os colegas da escola onde estudei diziam que era um clube frequentado apenas por empregadas domésticas e porteiros. E riam-se do alto de seus títulos da Assembleia Paraense, outro clube mais caro, a grande expressão infame de nobreza dos ricos da cidade. Eu tinha vergonha de contar sobre os domingos alegres que passei no Cassino dos Oficiais com minha mãe e minha irmã, ziguezagueando da piscina dos adultos para a piscina dos pequenos. Escondi o prazer sentido no tempo das férias de julho quando nos inscrevíamos na colônia de férias e todos os dias pela manhã chegávamos ao clube de ônibus, linha Marex-Filipe Patroni, para aprender nos acampamentos técnicas de segurança e como armar tendas na selva. Eu tinha sete, oito, no máximo nove anos, sentia-me uma desbravadora no coração da Amazônia, aprendi a fazer torniquete, acender fogo na pedra, alinhavar mosquiteiro em rede de atar no tronco de árvore. Morria de medo, no entanto, do casal de gansos que perambulava pelo clube, ora do lado de lá das piscinas e do parquinho, ora do lado de cá, por entre as matas e o córrego que passava tonteando a nossa percepção do verde.

Disseram-me uma vez que os gansos comiam os olhos das pessoas ao se sentirem atraídos pela parte branca, os gansos achavam que a parte branca dos olhos das pessoas eram bichinhos de raiz. Não, eu amava meus olhos, não podia me arriscar naquele tanto. Com meus olhos pude enxergar todo o meu passado correndo para o lado oposto do caminho que o táxi realizava em sua busca, a sessenta por hora, pelo aeroporto.

Digo adeus a Belém, parto com o coração magoado, mas em paz. De novo e de novo. Partir de casa é sempre estar por um triz, de ponta de pé na linha tênue entre a tristeza e uma alegre nostalgia.

Recosto minha cabeça no apoio do assento 22B do avião para tentar dormir pelo menos alguns poucos minutos antes da decolagem, minhas têmporas explodem de dor, tento respirar firme e lento como Joana me ensinou na época em que tive as crises de pânico. O comissário de bordo a quem eu comuniquei que estava passando mal me traz um copo d'água e uma aspirina. Penso nos quatro mil e quinhentos reais. Para sanar as dívidas do aborto com Julia e Mariana ainda faltam mil reais.

Grifo: sempre falta alguma coisa.

8

É 31 de janeiro, hoje minha mãe faria setenta anos de idade. Decidi passar a manhã em silêncio até a hora de José chegar, ele está mais uma vez na cidade, vai fazer um tempo aqui até a próxima viagem da companhia. Estamos felizes porque Joana também veio. Ficará duas semanas passeando com a mãe, marcaram São Paulo de ponto de encontro, após dez anos sem se verem porque dona Maria ainda não tem coragem de deixar a filha voltar a Belém. Talvez isso jamais seja possível. Mas não estamos discutindo muito o assunto. Combinei com José de prepararmos um almoço para Joana com tranquilidade, ouvindo um dos discos antigos que a gente gosta.

Queria preparar um vatapá com a receita que roubei da Noca faz três anos (fica no ar aquela ansiedade boa se vai dar certo ou não, se vai pegar gosto ou não, se o camarão que vendem aqui vale mesmo o gosto do camarão que vendem lá no mercado do Ver-o-Peso), mas resolvemos eu e José, para economizar, que bom vai ser deixar para outra hora: decidimos pelo delicioso e velho frango com quiabo em homenagem a dona Rita de Cássia.

Joana chega mais cedo. Trouxe um relógio de bolso pra mim, lindo, desses que parecem de outro século, é de ponteiro dourado, tem um botão que abre uma portinhola, revelando a tela de vidro que dá para as horas. Ela pede desculpas que o ponteiro estancou de repente, mas na loja de antiguidades em Coimbra, na hora da compra, ele funcionava, funcionava mesmo.

— Com certeza que funcionava...

A voz de José carrega aquela ironia doce dos nossos dez anos de idade. Nós três rimos juntos, Joana muito aguda, José ri parece que está tossindo, parece que está tendo um treco, eu rio alto também, mas num tom mais grave. José fez com o celular uma foto minha com Joana, as duas gargalhando, ela me olhando e eu com os olhos fechados. Alguém falou alguma bobagem na hora do clique. Na tela do celular tem um trincado de queda, parece que fomos rasgadas ao meio. Eu me senti bonita na foto.

Fico admirando as horas congeladas no relógio de bolso ao qual volto a dedicar minha atenção: quinze pras dez da noite e quarenta segundos em uma Portugal de alguma década já distante. Agora são meio dia em São Paulo pelo horário de Brasília, mas o céu está com nuvens esparsas e parece endurecido em um dia branco, parece mais umas quatro da tarde do tempo de nossa infância. Joana diz que é melhor eu mandar trocar a bateria porque fico divagando e viro mestra em me atrasar para os compromissos. Lembra o que sempre faz questão de lembrar:

— Somos nós que devemos visitar o passado, mulher, não o contrário.

Para José trouxe um par de meias de frio, antiderrapantes, dessas bem grossas, que ele pode usar nas viagens que a companhia de dança vier a fazer aos países nórdicos. Justifica o presente dizendo que José tem os pés mais esquisitos do mundo: são cascudos e delicados ao mesmo tempo.

Nós abrimos umas cervejas e ficamos tontos depois de uns tantos goles. Antes disso, no entanto, levantamos os copos preenchidos do líquido dourado e saudamos o reencontro. Eu brinco que vou fazer uma oração, antes de começarmos a boemia, pedindo a deus para que as garrafas nunca fiquem vazias. Os minutos passam e o arroz está pronto, o frango temperado, vamos enrolando a fome para deixá-la maior.

— Assim, quando a gente for comer vai ser mais gostoso, porque vai ser com aquela fome, sabem?

Cortei o dedo descascando as batatas e bradei que a vida é um inferno. Para José, que ficou de descascar as cebolas, estamos no meio de um milagre.

Um milagre simples, delicado, quase vítreo, como aquela abelha azulada que entrou pela janela aberta, deu uma voltinha e voou longe, uma dança de encontros, desencontros, missivas de olá e adeus. O corpo no ar, matéria viva e pesada que flutua. Queria ter essa tranquilidade de José, a paciência de ouvir os próprios pensamentos como sussurros seculares, lentos em seu andamento profundo, de tenacidade doída. Queria também, sim, por outro lado, ser mais como Joana, que não tem medo de nada, que não deixa as feras meterem-se a besta com ela, diz o que tem que dizer e saliva. Eles começam a falar de minha tendência ao ardor, sempre calculando o próximo drama, essa franca emulação de que o mundo despenca num término grotesco, todas as noites são para sempre, todos os para sempre são curtas noites. Assim me leem, desde que me conhecem, a previsibilidade de minhas reações os alegra como temas de piada, são calorosos nas menções às minhas primeiras aventuras no amor, no teatro, nas artes, eu chorando bêbada em algum boteco furado, com a maquiagem borrada, puta amanhecida, para no dia seguinte escrever cartas de condolência, terrenos de cemitério no papel, e em seguida, mudar de ideia, pairar no plano invisível, sonhar com o próximo ímã das mãos sobre as coxas, as pernas, o ventre, a caneta espalhando tinta sobre o papel de um caderno antigo, meus diários. Estamos vivos, estamos vivos, sim, quantas coisas em nós morreram para que pudéssemos estar vivos? A luz do sol espraia-se sobre a cozinha onde tombamos mais uma garrafa, parece que deixei uma torneira aberta porque a água começa a vazar pelo chão, uma água límpida, cristalina num primeiro momento, e depois vai verdeando, marrom, outubro, vira rio, vira imensa e mal acabada fuga dos piratas de rio. A Mangabeira foi o nosso último final de ano todos juntos, todos nós com os amigos, o povo da rua, o povo da noite de Belém, a gente se largou naquela ponta de praia deserta e lá ficou, parece às vezes que ninguém de verdade atravessou para o lado de cá, virou tudo encantado, tudo gente pra ser lembrada pela gente que ficou aparecida e emancipada depois do nosso desaparecimento. Era mais fácil que a gente desaparecesse mesmo, muito barulho na rua, parecíamos uns cachorrinhos, tinha que tacar um saco de mijo na nossa cabeça pra gente aprender a não querer com tanta avidez a rua. Último final de ano juntos. E nós não sabíamos que seria o último. Melhor não saber, repara, é sempre melhor não saber. É sempre melhor como se fosse a primeira vez, isso é papo de gente apaixonada, eu sei. Belém tem essa característica toda especial de parir gente apaixonada, mesmo quando a cidade te empurra e te lança pra longe dela, pra nunca mais voltar. Dessa vez, não, dessa vez eu tento voltar e ficar, ficar pelo menos um pouco mais do que já fiquei antes, porque preciso escorrer por todas as vias e calhas que ainda não observei com toda a atenção, eu preciso beber Belém, preciso comê-la direto pelo estômago, com um rasgo feito pelo corte afiado do vento, aquele ali da beira do rio Guamá, que assombra a carne do instante, com navalha pura de ar, ar quente, ar pesado, ar de brisa que não sabe refrescar. Joana livre, distante de casa, no Cais do Valongo, Joana caminha, mesmo que a arma do polícia ainda esteja apontada, mesmo que a arma ainda esteja carregada, mesmo que a arma ainda possa lhe furar em rajadas de bala tudo que sabe de si, mesmo que a arma seja ameaça constante na lembrança de sua juventude. José caminha. No Rio de Janeiro abre seu apartamento e os gatos se aproximam para fazerem as boas vindas com suas caudas lânguidas em riste. São muito gatos, dezenas deles. Eles espantam os pássaros e sabem dançar. Sobre mim, a meu modo, gosto de pensar que terei outra chance. Dessa vez vai ser diferente, dessa vez vou tornar aos lugares do passado sem perder o raciocínio, vou carregar um bloco de notas, uma caneta que funcione, a máquina de fotografar antiga que herdei de minha mãe, os olhos protegidos por um par cínico de óculos de sol, a cabeça fria, bem fria, não vou mais me esquentar, não vou sentir raiva. Dessa vez vai dar certo, dessa vez vou sem a dor de um ventre livre, porque dessa vez eu volto como não fosse do lugar, como fosse outra, desconhecida, sem laços, arrancada dos trejeitos todos que me aprendi sendo amazônida, um sotaque diferente, desferindo palavras sudestinas, pêssegos em calda, vou ser loira, vou ser ruiva, bochechas infestadas de sardas, vou ser alta feito um pau, estrangeira e senhorio. Dessa vez, dessa distância, conto sem doer, conto sem sofrer, conto sem morrer, sem afogar nessa água verde amarronzada onde a barcarola oscila de um lado para o outro, ofertando as duas bandas do rosto para um beijo roubado do lábio das águas, crina áspera, encrespa-se sob o motor do barco, avança bicho arisco, arranca pedaço, dispara à queima-roupa, como a bruta ausência da mãe que é mãe e é cadáver. Há de ser assim, uma síntese honesta e quase inocente. Há de vir simples o livro dessa vez, amigos, há de vir muito simples, o livro. Não pode ser tão difícil assim, afinal, é só a história de um bar.

8

Alameda nas redes sociais:

Site: www.alamedaeditorial.com.br
Facebook.com/alamedaeditorial/
Twitter.com/editoraalameda
Instagram.com/editora_alameda/

Esta obra foi impressa em São Paulo no verão de 2021. No texto foi usada a fonte Electra em corpo 11 e entrelinha de 16 pontos.